KB234009

중고생이 꼭 읽어야 할
한국
베스트
단편소설 1

중고생이 꼭 읽어야 할
한국 베스트 단편소설 ❶

초판인쇄 2006년 11월 20일
초판발행 2006년 11월 25일
지은이 | 김동인외
펴낸이 | 조병훈
마케팅 | 심홍보
펴낸 곳 | 도서출판 새희망
출판등록 | 제38-2003-00076호
주소 | 서울시 동대문구 제기동 1157-3
전화 | 02-923-6718 팩스 | 02-923-6719
전자우편 | jobooks@hanmail.net
ISBN | 89-90811-11-2   03860

*잘못된 책은 바꿔드립니다.

중꼬생이 꼭 읽어야 할
한국
베스트
단편소설 ①
새희망

* 머리말 *

아이는 청소년이 되면서 세상에 눈을 뜨기 시작한다. 현시대야 인터넷 정보통신과 매스컴의 발달도 인해 사회 정치 경제 문화 등을 두루두루 엿보게 되고 나아가서는 참여하고 이해하게 된다. 하지만 흘러간 시간, 즉 우리의 역사를 조명해볼 수 있는 가장 손쉬운 방법은 다름아닌 문학이다.

문학 중에서도 소설은 사실 또는 개연성에 입각하여 탄생하는 창작물이 주를 이룬다. 이에 따라 우리나라의 문학사중 1920년대 초부터 6·25 전쟁 이전까지는 수많은 단편소설들이 다수의 작가들에 의해 탄생했다. 특히 이 시기는 일제 치하의 암울했던 시기인 만큼 작품들의 다수가 시대 상황에 대한 묘사에 철저한 편이다. 따라서 1930년대는 가장 모멸된 식민지의 절정이었음에도 불구하고 한국 저항문학의 르네상스기로 불린다.

이뿐만이 아니다. 이 시대 작품들은 국내외에서 신학문을 받아들인 젊은 작가들의 실험정신 또한 강하게 나타났다. 따라서 자연주의 사실주의 낭만주의 심미주의 염세주의 등 다양한 장르의 단편소설들이 대거 등장하면서 우리나라 단편의 미학을 토착화시키는 한편 문학적 뿌리를 굳건하게 했다.

우리의 단편소설은 살아있는 역사교과서이고 정신적 풍요와 사고의 깊이를 일깨워주는 더할 나위 없이 좋은 시대와 인생의 파노라마 같은 것이다. 70~80여년전 우리 선조들의 모습을 통해 그 시대 역사와 문화 그리고 각계각층의 사람들의 모습을 짚어보는 것은 바로 단편소설을 통해서 가능해질 것이다.

한편 이 책에 실린 35편의 단편소설들은 단지 학교 공부나 지식을 쌓기 위한 작품으로서만이 아니라 대한민국 국민의 한사람이라면 누구나 한번쯤은 읽어야만 되는 한국문학의 백미로서의 가치를 지니고 있다고 해도 과언이 아닐 것이다.

2006. 11. 15 남정미······

＊차례＊

배따라기

김동인

김동인(1900~1951)

금동 김동인은 1900년 평안남도 평양에서 출생하였다. 그의 부친은 평양의 갑부이자 평양 교회의 초대 장로로서 김동인은 대부호의 차남(후실 소생)으로 출생해 소년 시절을 유복한 가정에서 부족한 것 없이 자라났다.

아버지의 종교적 영향으로 어려서 유아 세례를 받은 그는 1912년 기독교계 숭덕소학교를 졸업하고 숭실중학교에 입학한다. 하지만 성경 과목에 대한 불만이 계기가 되어 숭실중학교를 자퇴하고 1914년 일본으로 건너가 동경학원 중학부를 거쳐 메이지학원(明治學院) 2학년에 편입하였다.

김동인이 일본으로 유학한 본래 목표는 의사나 변호사가 되는 것이었으나, 남에게 지기 싫어하는 성격 탓에 주요한(朱耀翰) 등 당시 함께 유학하던 친구들에 의해 문학 작품을 탐독하면서 문학과 예술에 뜻을 두게 된다. 당시 그가 존경한 작가는 톨스토이뿐으로, 톨스토이를 제외한 문학을 낮게 평가했으며 빅토르 위고까지도 통속작가라 경멸할 정도였다.

1919년 우리나라 최초의 문예동인지인 〈창조(創造)〉를 자비로 출판하여, 창간호에 처녀작 「약한자의 슬픔」을, 제3~6호에 「마음이 옅은 자여」를 발표하였다. 그는 3·1운동을 계기로 다시 고국으로 귀국한 후에 동생의 부탁으로 격문의 초고를 써 주었다가 출판법 위반으로 투옥되어 6개월간 옥고를 치렀다. **출옥 후 「목숨」, 「배따라기」, 「감자」, 「광염 소나타」 등의 단편소설을 통하여 간결하고 현대적인 문체로 문장혁신에 공헌하였다. 이광수의 계몽주의적 경향에 맞서 사실주의적 수법을 사용하였으며, 25년대 유행하던 신경향파 및 프로문학에 맞서 예술지상주의를 표방하고 순수문학 운동을 벌였다.**

1921년 경영난 때문에 〈창조〉가 제9호로 폐간하게 되면서 그는 주색에 빠져 방탕한 생활을 시작했다. 그러다가 다시 1924년에는 창작집 『목숨』을 자비로 출판하고, 〈창조〉의 후신격인 동인지 〈영대(靈臺)〉를 간행하였으나, 다음해 제5호로 폐간하였다. 이무렵 그는 방탕한 생활을 거듭하면서 부친이 물려준 가산을 전부 탕진하고 만다. 또 그는 1926년 평양의 관개 사업, 1928년 영화 제작에 손을 대었다가 실패해 궁핍한 생활을 하게 된다. 그후 김동인은 상경하여 〈조선일보〉사 학예부에서 일하다가 1930년 그의 몰락과 함께 가출한 부인 대신 김경애(金瓊愛)와 재혼하며 방탕생활을 정리했다. 이 무렵 그는 장편소설 「젊은 그들」을 〈동아일보〉에 연재하고 「결혼식」, 「발가락이 닮았다」, 「광화사」 등을 썼다.

김동인은 생활란을 극복하기 위하여 신문·잡지에 수많은 소설과 사담(史譚)들을 썼다. 그의 이러한 글쓰기는 극심한 생활고를 해결하기 위한 것이었으나, 이로 인해 몸이 쇠약해지면서 결국 마약 중독에 빠지게 된다. 그는 1939년 '성전종군작가'로 황군 위문을 떠나고 조선문인보국회 간사 자리를 맡는 등 친일 작가로 활동하기도 했으나, 1942년에는 일본 천황에 대한 불경죄로 서대문 감옥에서 옥고를 치르기도 하였다. 광복 후에는 빈곤과 불면증에 시달리면서도 장편 역사소설 「을지문덕」과 단편 「망국인기」의 집필에 착수하였으나 결국 중단하고 말았다.

김동인은 이처럼 불우한 환경에서 고생하다가 1951년 1·4후퇴 때 마약 중독으로 피난하지 못하고 홀로 남았다가 후일 가족들이 올라와서 그의 사망을 확인했다.

❀ 작품 세계

김동인은 초창기 문단을 주도했던 이광수의 계몽주의적 경향에서 벗어나 문학의 예술성과 순수성에 대한 자각을 바탕으로 본격적인 근대 문학의 확립에 기여한 인물이다.

1919년 〈창조〉에 「약한 자의 슬픔」을 발표하면서 문학생활을 시작한 그는 「배따라기」(1921)로 확고한 문명(文名)을 얻었고, 「감자」(1925), 「명문(明文)」(1925) 등 수많은 단편을 발표하여 우리나라의 근대단편소설의 양식을 확립하였다.

김동인은 예술지상주의적 문학관을 바탕으로 작가가 자신이 창조한 인물을 인형 다루듯 자유자재로 다룬다는 의미의 '인형조종술'이란 문학관을 고안해냈다. 이러한 김동인의 소설론은 단편소설의 형태가 문학사의 주도적인 장르가 되어가던 당시의 상황과 맞물려 있다. 김동인은 **작중인물의 호칭에 있어서 '그'로 통칭하고, 또 용언에서 과거시제를 도입하여 문장에서 시간관념을 의식적으로 명백히 했으며, 간결하고 짧은 문장으로 이른바 간결체를 형성하였다. 또 액자소설의 형식 사용 등을 통해 소설 기법면에서 진전을 이루어 한국 단편 소설의 본격적인 미학을 개척했다는 소설사적 의의를** 보여주고 있다.

그는 계몽적 교훈주의를 배척하고자 하였으며, **자연주의적 사실주의 계열에 속하는 작품들과 탐미주의적 계열에 속하는 작품들을 주로 발표하였다. 전자는 「감자」, 「배따라기」, 「발가락이 닮았다」 등의 작품에서 드러나며, 「광염소나타」, 「광화사」 등에서는 탐미주의적 특색이 드러난다.** 1932년에 발표한 「붉은 산」은 민족주의적 성격을 드러내고 있다. 이들은 모두 직선적이고 간결한 서술 문체와 완결성이 잘 드러나 있는 순문학 지향의 작품들이다.

그의 후기 작품들로는 상업적이거나 통속적 색채가 강한 역사소설들이 많은데, 역사로부터의 교훈보다 인물의 개성을 살리는 묘사와 허구 등에 중점을 두어 김동인 특유의 소설적 의식을 잘 보여주는 것으로 평가되고 있다.

또한 그는 평론에도 일가견을 보였는데, 「제월(霽月)씨의 평자적 가치(評者的價値)」를 비롯하여 「조선근대소설고(朝鮮近代小說考)」(1929), 「춘원연구(春園研究)」(1934·1935) 등의 작품이 있다.

그밖의 작품으로 「목숨」(1921), 「정희」(1925), 「시골 황서방」(1925), 「송동이」(1929), 「어머니」(1941), 「반역자(反逆者)」(1946), 「망국인기(亡國人記)」(1947) 등의 단편과, 장편으로 「여인(女人)」(1930), 「왕부(王府)의 낙조(落照)」(1935) 등이 있다. 그리고 죽은 뒤 『동인전집』 전 10권(1964)과 『김동인전집』 전 7권(1976)이 간행되었다.

　어느 화창한 봄날, ‘나’는 대동강으로 봄 경치를 구경나갔다가 ‘영유 배따라기’를 부르는 한 뱃사람을 만난다. 그리고 그에게서 20년간 고향인 영유에 가지 않았다는 말을 듣게 된다. ‘나’는 궁금증이 생겨 그에게 이유와 함께 영유 배따라기를 부르는 그의 사연을 듣는다.

　그는 영유 고을에서 조금 떨어져 있는 어촌에서 살았다. 그의 부모는 모두 그가 어렸을 때 죽었고, 옆집에 사는 그의 아우 부부와 자기 부부가 오순도순 살고 있었다. 그들 형제는 마을에서 고기잡이를 잘할 뿐 아니라 배따라기도 가장 잘 부르는 인물이었다.

　그의 아내는 미모가 매우 절색인데다가 성격도 명랑하고, 천진스러우며 쾌활하여 아무에게나 말 잘하고 애교를 부렸기 때문에 그는 아내에게 샘을 많이 부렸다. 특히 아내가 미남인 동생에게 특히 친절한 것을 못마땅해 하며 가끔 아내를 때리기도 했다. 그때마다 아우가 와서 말리기도 했는데, 그는 아우까지 때릴 정도로 질투를 심하게 했다. 그런 참에 아우가 영유에 자주 출입 하면서 첩을 얻었다는 소식을 들은 아내가 형에게 동생을 단속하라고 보채자 의심은 더욱 깊어진다.

　어느 날 아내에게 줄 거울을 장에서 사 들고 집에 들어오다가 그는 기이한 장면을 목격하게 된다. 아내와 동생이 방에서 옷매무새가 흐트러진 채로 씩씩대는 것을 보게 된 것이다. 두 사람은 쥐를 잡느라 그랬다고 변명을 하지만, 오해한 그는 두 사람을 내쫓아 버린다. 저녁 때 방에 들어와 성냥을 찾던 그는 낡은 옷 뭉치에서 쥐가 나오는 것을 보고 자신의 경솔한 행동을 후회했으나 다음 날 아내는 시체가 되어 바다 위에 떠오르고, 이 때문에 아우는 집을 나가 행방이 묘연해진다. 결국 그는 20년 동안 배따라기 노래를 부르며 뱃사람이 되어 떠돌아 다닌다는 동생을 찾아 뱃사람으로서 방랑 생활을 계속하게 된 것이다.

　그 후 10년이 지난 어느 날 그는 배가 파선하여 정신을 잃고 물 위에 떠돌고 있었는데, 정신을 차리고 보니 아우가 그를 간호하고 있는 것을 알게 되었다. 그러나 아우는 “형님, 그저 다 운명이외다!”라는 말만 남기고 환상처럼 떠나 버린다. 그리고 다시 10년 세월을 유랑하지만 동생을 다시 만나지 못한다.

　그날 밤 ‘나’는 그의 숙명적 경험담에 잠 못 이루어 다시 대동강으로 나가지만, 그의 모습을 찾을 수 없었다.

🔍 작품 분석

　1921년 6월 〈창조〉에 발표된 「배따라기」는 1910년대 이광수 소설의 계몽적 경향을 극복한 순수 예술주의 작품임과 동시에 한국 최초의 현대적 의미의 단편소설이다.

　이 작품의 구성은 액자소설로 되어 있다. 액자소설이란 쉽게 말해서 이야기 속에 또 다른 이야기를 포함하는 소설이다. 액자소설은 외부의 이야기를 통해 내부의 또다른 이야기를 들려줌으로써 개연성을 확보할 수 있다는 장점이 있다. 이 작품은 **3중의 구조로 되어 있는데, 세 사람 사이에 벌어진 비극적인 사건과, 형이 사공이 되어 아우를 찾는 사건, 그리고 이야기를 듣는 ‘나’가 중심이 되어 서술하는 부분**이다.

　김동인은 이 이야기를 통해 **운명의 힘을 거역하지 못하는 가냘픈 ‘인간의 비애와 한’을 그려내고 있다. 작품의 제목이기도 한 ‘배따라기’는 ‘배 떠나기’라는 말에서 유래된 서도 잡가의 하나로 이 노래를 통해 한 많은 인물의 내력을 엮어가고 있다. 평범하게 살아오던 인물들이 운명 앞에서 무력해 지면서 끝없는 회한과 한을 드러내고 바다를 배경으로 한 서정적 비애감이 소설의 주조를 이루고 있다.**

이 소설은 김동인의 후기 작품들과는 달리 유려한 우유체적 문체도 보이나, 역시 필요한 부분에서는 그의 특징이라 할 수 있는 호흡 짧은 문장의 직접적이고 역동적인 묘사가 돋보이고, 빠른 사건 진행이 두드러진다.

✿ 작품 개요

출전 : 〈창조〉 (1921년 6월).
구성 : 액자 구성.
시점 : 1인칭 관찰자, 전지적 작가 시점의 혼용.
주제 : 오해가 빚은 형제 간의 비극을 내용으로 운명의 힘을 거역하지 못하는 인간의 비애와 한.
표현의 성격 : 낭만주의적, 유미주의적 경향.

⊙ 주요 인물 분석

형 : 아내를 사랑하나 질투심이 많고 성격이 급하다. 아우와 함께 영유 근처에 있는 어촌에서 부자이며 배따라기를 잘 부르는 대표적인 사람이었으나 젊고 아리따운 아내에 대한 의심이 많아 자신의 삶을 망치게 되고 한을 갖고 동생을 찾고 있다.
동생 : 배따라기를 잘부르는 호남형의 어부. 형의 오해와 형수의 죽음에 충격을 받아 집을 나가 뱃사람이 되어 떠돌아 다닌다.
아내 : 젊고 아리따우며 성격이 밝고 친절해 남편의 오해를 받고 바다에 투신 자살한다.
나 : 작중 화자이며 관찰자로 우연히 만난 뱃사공의 안타까운 사연을 독자에게 이야기해 준다.

⊙ 시간과 공간

시간 : 삼월 삼짓 – 음력 삼월 초사흘로 제비가 돌아온다는 날. 작품상에는 대동강 첫 뱃놀이 하는 날로 화자는 유토피아를 떠올리는 날로 생각하고 있다.
　　　　19년전 8월 열하룻날 – 오해가 빚어낸 비극이 일어나는 시간.
공간 : 대동강 – 화자 '나' 와 '그' 가 만나는 공간.
　　　　영유 – 형제간의 비극적 이야기가 잉태되고 벌어지는 장소.

배따라기

좋은 일기이다.

　좋은 일기라도, 하늘에 구름 한 점 없는 ― 우리 ‘사람’으로서는 감히 접근 못 할 위엄을 가지고, 높이가 우리 조그만 ‘사람’을 비웃는 듯이 내려다보는, 그런 교만한 하늘은 아니고, 가장 우리 ‘사람’의 이해자인 듯이 낮추 뭉글뭉글 엉기는 분홍빛 구름으로서 우리와 서로 손목을 잡자는 그런 하늘이다. 사랑의 하늘이다.

　나는 잠시도 멎지 않고, 푸른 물을 황해로 부어내리는 대동강을 향한, 모란봉 기슭 새파랗게 돋아나는 풀 위에 뒹굴고 있었다.

　이날은 삼월 삼질[1], 대동강에 첫 뱃놀이하는 날이다. 까맣게 내려다보이는 물 위에는, 결결이 반짝이는 물결을 푸른 놀잇배들이 타고 넘으며, 거기서는 봄 향기에 취한 형형색색의 선율이, 우단보다도 부드러운 봄 공기를 흔들면서 날아온다. 그리고 거기서 기생들의 노래와 함께 날아오는 조선 아악(雅樂)은 느리게, 길게, 유창하게, 부드럽게, 그리고 또 애처롭게 모든 봄의 정다움과 끝까지 조화하지 않고는 안 두겠다는 듯

---

[1] 삼월 삼질 : 삼짇날 음력 3월 3일로 옛말에는 삼질이라고 일렀다. 제비가 돌아온다는 날.

이 대동강에 흐르는 시꺼먼 봄 물, 청류벽에 돋아나는 푸르른 풀어음, 심지어 사람의 가슴 속에 봄에 뛰노는 불붙는 핏 불기까지도, 습기 많은 봄 공기를 다리 놓고 떨리지 않고는 두지 않는다.

봄이다. 봄이 왔다.

부드럽게 부는 조그만 바람이 시꺼먼 조선솔을 꿰며, 또는 돋아나는 풀을 스치고 지나갈 때의 그 음악은 다른 데서는 듣지 못할 아름다운 음악이다.

아아, 사람을 취하게 하는 푸르른 봄의 아름다움이여! 열다섯 살부터의 동경(東京) 생활에 마음껏 이런 봄을 보지 못하였던 나는, 늘 이것을 보는 사람보다 곱 이상의 감명을 여기서 받지 않을 수 없다.

평양성 내에는, 겨우 툭툭 터진 땅을 헤치면 파릇파릇 돋아나는 나무새기와 돋아나려는 버들의 어음으로 봄이 온 줄 알 뿐, 아직 완전히 봄이 안 이르렀지만, 이 모란봉 일대와 대동강을 넘어 보이는 가나안 옥토를 연상시키는 장림(長林)에는 마음껏 봄의 정다움이 이르렀다.

그리고 또 꽤 자란 밀 보리들로 새파랗게 장식한 장림의 그 푸른 빛, 만족한 웃음을 띠고 그 벌에 서서 내다보는 농부의 모양은, 보지 않아도 생각할 수가 있다.

구름은 자꾸 하늘을 날아다니는 모양이다. 그 밀 위에 비치었던 구름의 그림자는 그 구름과 함께 저편으로 물러가며, 거기는, 세계를 아까 만들어 놓은 것 같은 새로운 녹빛이 퍼져 나간다. 바람이나 조금 부는 때는 그 잘 자란 밀들은 물결과 같이 누웠다 일어났다, 일록일청(一綠一靑)[2]으로 춤을 춘다. 그리고 봄의 한가함을 찬송하는 솔개들은 높은 하

---

2 일록일청(一綠一靑) : '한편으로는 녹색이고, 한편으로는 청색이다' 라는 뜻으로, 우리말로는 '푸른듯 파란듯' 이라고 해석할 수 있다.

늘에서 동그라미를 그리면서, 더욱 더 아름다운 봄에 향수를 붓는다.

"다스한 봄정에 솟아나리다. 다스한 봄정에 솟아나리다."

나는 두어 번 소리 나게 읊은 뒤에 담배를 붙여 물었다. 담뱃대는 무럭무럭 하늘로 올라간다.

하늘에도 봄이 왔다.

하늘은 낮았다. 모란봉 꼭대기에 올라가면 넉넉히 만질 수가 있으리만큼 하늘은 낮다. 그리고 그 낮은 하늘보다는 오히려 더 높이 있는 듯한 분홍빛 구름은, 뭉글뭉글 엉기면서 이리저리 날아다닌다.

나는 이러한 아름다운 봄 경치에 이렇게 마음껏 봄의 속삭임을 들을 때는, 언제든 유토피아[3]를 아니 생각할 수가 없다. 우리가 시시각각으로 애를 쓰며 수고하는 것은, 그 목적은 무엇인가? 역시 유토피아 건설에 있지 않을까? 유토피아를 생각할 때는 언제든 그 '위대한 인격의 소유자'이며 '사람의 위대함을 끝까지 즐긴' 진나라 시황[秦始皇][4]을 생각지 않을 수 없다.

우리가 어찌하면 죽지를 아니할까 하여, 소년 삼백을 배를 태워 불사약을 구하러 떠나보내며, 예수를 사치를 다하여 아방궁을 지으며, 매일 신하 몇 천 명과 잔치로써 즐기며, 이리하여 여기 한 유토피아를 세우려던 시황은, 몇 만의 역사가가 어떻다고 욕을 하든, 그는 정말로 인생의 향락자이며 역사 이후의 제일 큰 위안이라고 할 수가 있다. 그만한 순전한 용기 있는 사람이 있고야 우리 인류의 역사는 끝이 날지라도 한 '사람'을 가졌었다고 할 수 있다.

---

3 유토피아 : 이상적인 사회, 이상향(理想鄉)이라는 의미로 영국의 토머스 무어가 쓴 소설의 제목. 본래 유토피아는 그리스 어로 '아무데도 없는 나라'라는 뜻이었으나 토머스 무어의 소설을 계기로 이상향이라는 의미를 갖게 되었다.
4 진나라 시황[秦始皇] : 중국 최초의 중앙집권적 통일제국인 진(秦)나라를 건설한 전제군주.(재위 BC 246~BC 210)

"큰 사람이었었다."

하면서 나는 머리를 들었다.

이때다. 기자묘 근처에서 무슨 슬픈 음률이 봄 공기를 진동시키며 날아오는 것이 들렸다.

나는 무심코 귀를 기울였다.

'영유 배따라기' 다. 그것도 웬만한 광대나 기생은 발꿈치에도 미치지 못할 만큼 — 그만큼 그 배따라기의 주인은 잘 부르는 사람이었다.

비나이다, 비나이다.

산천후토 일월성신 하나님전 비나이다.

실날같은 우리 목숨 살려 달라 비나이다.

에야, 여그여지야.

여기까지 이르렀을 때에 저편 아래 물에서 장고(長鼓) 소리와 함께 기생의 노래가 울려오며 배따라기는 그만 안 들리게 되었다. 나는 이 년 전 한여름을 영유서 지내 본 일이 있다. 배따라기의 본고장인 영유를 몇 달 있어 본 사람은 그 배따라기에 대하여 언제든 한 속절없는 애처로움을 깨달을 것이다.

영유, 이름은 모르지만 ×산에 올라가서 내려다보면 앞은 망망한 황해 아니, 그곳 저녁때의 경치는 한번 본 사람은 영구히 잊을 수가 없으리라. 불덩이 같은 커다란 시뻘건 해가, 남실남실 넘치는 바다에 도로 빠질 듯, 도로 솟아오를 듯 춤을 추며, 거기서 때때로 보이지 않는 배에서 '배따라기' 만 슬프게 날아오는 것을 들을 때엔 눈물 많은 나는 때때로 눈물을 흘렸다. 이로 보아서 어떤 원의 아내가 자기의 모든 영화를 낡은 신같이 내어던지고 뱃사람과 정처 없는 물길을 떠났다 함도 믿지 못할 말이랄 수가 없다.

영유서 돌아온 뒤에도 그 '배따라기' 는 내 마음 깊이 새겨져 잊을 수가 없있고, 언제 한번 다시 영유를 가서 그 노래를 한 번 더 들어보고 그 경치를 다시 한 번 보고 싶은 생각이 늘 떠나지를 않았다.

장고 소리와 기생의 노래는 멎고 배따라기만 구슬프게 날아온다. 결결이 부는 바람으로 말미암아 때때로는 들을 수가 없으되, 나의 기억과 곡조를 종합하여 들은 배따라기는 이 대목이다.

강변에 나왔다가 나를 보더니만

혼비백산하여 꿈인지 생시인지

와르륵 달려들어 섬섬옥수로 부여잡고,

호천망극(昊天罔極)[5] 하는 말이

'하늘로서 떨어지며 땅으로서 솟아났나.

바람결에 묻어오고 구름길에 쌔여 왔나.'

이리 서로 붙들고 울음 울 제,

인리제인(隣里諸人)[6]이며 일가친척이 모두 모여,

여기까지 들은 나는 마침내 참지 못하고 벌떡 일어서서 소나무 가지에 걸었던 모자를 내려 쓰고, 그곳을 찾으러 모란봉 꼭대기에 올라섰다. 꼭대기는 좀더 노래 소리가 더 잘 들린다. 그는 배따라기의 맨 마지막, 여기를 부른다.

밥을 빌어서 죽을 쑬지라도

제발 덕분에 뱃놈 노릇은 하지 마라.

에 — 야 어그여지야 —

그의 소리로서 방향을 찾으려던 나는, 그만 그 자리에 섰다.

'어딘가? 기자묘? 혹은 을밀대?'

---

5 호천망극(昊天罔極) : '하늘이 넓고 끝이 없다' 는 뜻으로 부모의 은혜가 크고 끝이 없음을 이르는 말.
6 인리제인(隣里諸人) : 가까운 마을 여러 사람.

그러나 나는 오래 서 있을 수가 없었다. 어떻든 찾아보자 하고 현무문으로 가서 문밖에 썩 나섰다. 기자묘의 깊은 솔밭은 눈앞에 쫙 퍼진다.

'어딘가?'

나는 또 물어보았다.

이때에 그는 또다시 배따라기를 시초부터 부른다. 그 소리는 왼편에서 온다.

왼편이구나 하면서, 소리 나는 곳을 더듬어서 소나무 틈으로 한참 돌다가, 겨우 기자묘치고는 그 중 하늘이 넓고 밝은 곳에, 혼자서 뒹굴고 있는 그를 찾아내었다. 나의 생각한 바와 같은 얼굴이다. 얼굴, 코, 입, 눈, 몸집이 모두 네모나고 — 그의 이마의 굵은 주름설과 시커먼 눈썹은, 고생 많이 함과 순진한 성격을 나타낸다.

그는 어떤 신사가 자기를 들여다보는 것을 보고, 노래를 그치고 일어나 앉는다.

"왜? 그냥 하지요."

하면서 나는 그의 곁에 가 앉았다.

좋은 눈이었다. 바다의 넓고 큼이 유감없이 그의 눈에 나타나 있다. 그는 뱃사람이라 나는 짐작하였다.

"잘하는구레."

"잘해요?"

그는 나를 잠깐 보고 사람 좋은 웃음을 띤다.

"고향이 영유요?"

"예. 머 영유서 나기는 했디만, 한 이십 년, 영유는 가보디두 않았이요."

"왜, 이십 년씩 고향엘 안 가요?"

"사람의 일이라니, 마음대로 됩데까?"

그는 왜 그러는지 한숨을 짓는다.

"거저, 운명이 데일 힘셉니다."

운명의 힘이 제일 세다는 그의 소리에는 삭이지 못할 원한과 뉘우침이 섞여 있다.

"그래요?"

나는 다만 그를 건너다볼 뿐이다.

한참 잠잠하니 있다가 나는 다시 말하였다.

"자, 노형의 경험담이나 한번 들어봅시다. 감출 일이 아니면 한번 이야기해 보고."

"머, 감출 일은……."

"그럼 어디 들어봅시다그려."

그는 다시 하늘을 쳐다보았다. 그러나 좀 있다가?

"하디요."

하면서 내가 담배를 붙이는 것을 보고 자기도 대에 담배를 붙여 물고 이야기를 꺼낸다.

"잊히디두 않는, 십구 년 전 팔월 열 하룻날 일인데요."

하면서, 그가 이야기한 바는 대략 이와 같은 것이다.

그의 살던 마을은 영유 고을서 한 이십 리 떠나 있는, 바다를 향한 조그만 어촌이다. 그의 살던 조그만 마을(서른 집쯤 되는)에서는 그는 꽤 유명한 사람이었다.

그의 부모는 모두 열댓에 났을 때 돌아갔고, 남은 사람이라고는 곁집에 딴살림하는 그의 아우 부처와 그 자기 부처뿐이었다. 그들 형제가 그 마을에서 제일 부자이고 또 제일 고기잡이를 잘하였고, 그 중 글이 있었고, 배따라기도 그 마을에서 빼나게 그 형제가 잘 불렀다. 말하자면 그 형제가 그 동네의 대표적인 사람이었다.

팔월 보름은 추석 명절이다. 팔월 열 하룻날 그는 명절에 쓸 장도 볼

겸, 그의 아내가 늘 부러워하는 거울도 하나 사올 겸, 장으로 향하였다.

"당손네 집에 있는 것보다 큰 거이요. 잊디 말구요."

그의 아내는 길까지 따라 나오면서 잊지 않도록 부탁하였다.

"안 잊어."

하면서 그는 떠오르는 새빨간 햇빛을 앞으로 받으면서 자기 마을을
나섰다.

그는 아내를(이렇게 말하기는 우습지만) 고와했다. 그의 아내는 촌에서
는 드물도록 연연하고도 예쁘게 생겼다.(그는 나에게 이렇게 말하였다.)

"성내(평양) 덴줏골(갈보촌)을 가두 그만한 거 쉽디 않갔이요."

그러니까 촌에서는, 그리고 그 당시에는 남에게 우습게 보이도록 그
내외는 사이는 좋았다. 늙은이들은 계집에게 혹하지 말라고 흔히 그에
게 권고하였다.

부처의 사이는 좋았지만 — 아니, 오히려 좋으므로 그의 아내에게 시
기를 많이 하였다. 그러고 그의 아내는 시기를 받을 일을 많이 하였다.
품행이 나쁘다는 것이 아니라, 그의 아내는 대단히 천진스럽고 쾌활한
성질로서 아무에게나 말 잘하고 애교를 잘 부렸다.

그 동네에서는 무슨 명절이나 되면, 집이 그 중 정결함을 핑계 삼아
젊은이들은 모두 그의 집에 모이곤 하였다. 그 젊은이들은 모두 그의 아
내에게 '아즈바니, 아즈바니' 하며 그들과 지껄이고 즐기며, 그 웃기 잘
하는 입에는 늘 웃음을 흘리고 있었다. 그럴 때마다 그는 한편 구석에서
눈만 힐끔거리며 있다가 젊은이들이 돌아간 뒤에는 불문곡직(不問曲
直)[7]하고 아내에게 덤벼들어 발길로 차고 때리며, 이전에 사다 주었던
것을 모두 걷어 올린다. 싸움을 할 때에는 언제든 곁집에 있는 아우 부

---

7 불문곡직(不問曲直) : 옳고 그름을 묻지 아니함.

치가 말리러 오며, 그렇게 되년 언제든 그는 아우 부처까지 때려 주었다.

그가 아우에게 그렇게 구는 데는 이유가 있었다. 그의 아우는 촌사람에게는 다시없도록 늠름한 위엄이 있었고, 매일 바닷바람을 쏘였지만 얼굴이 희었다. 이것 뿐으로도 시기가 된다 하면 되지만, 특별히 아내가 그의 아우에게 친절히 하는 데 이르러서는, 그는 억울하도록 시기를 하였다.

그가 영유를 떠나기 반 년 전쯤 — 다시 말하자면, 그가 거울을 사러 장에 갈 때부터 반 년 전쯤, 그의 생일날이었다. 그의 집안에서는 음식을 차려서 잘 먹었는데, 그에게는 좀 괴상한 버릇이 있었으니, 맛있는 음식은 남겨 두었다가 좀 있다 먹고 하는 습관이었다. 그의 아내도 이 버릇은 잘 알 터인데 그의 아우가 점심때쯤 오니까, 아까 그가 아껴서 남겨 두었던 그 음식을 아우에게 주려 하였다. 그는 눈을 부릅뜨고 '못 주리라.' 고 암호 하였지만 아내는 그것을 보았는지 못 보았는지 그의 아우에게 주어버렸다. 그는 마음속이 자못 편치 못하였다. '트집만 있으면 이년을…….' 그는 마음먹었다.

그의 아내는 시아우에게 상을 준 뒤에 물러오다가 그만 그의 발을 조금 밟았다.

"이년!"

그는 힘껏 발을 들어서 아내를 냅다 찼다. 그의 아내는 상 위에 꺼꾸러졌다가 일어난다.

"이년, 사나이 발을 짓밟는 년이 어디 있어!"

"거 좀 밟아서 발이 부러뎄쉐까?"

아내는 낯이 새빨개져서 울음 섞인 소리로 고함친다.

"이년! 말대답이……."

그는 일어서서 아내의 머리채를 휘어잡았다.

"형님! 왜 이러십니까?"

아우가 일어서면서 그를 붙잡았다.

"가만 있거나, 이놈의 자식."

하며, 그는 아우를 밀친 뒤에 아내를 되는 대로 내리찧었다.

"죽일 년, 이년! 나가거라!"

"못 나가?"

"못 나가디 않구. 뉘 집이게……."

이때다. 그의 마음에는 그 '못 나가겠다.' 는 아내의 마음이 푹 들이박혔다. 그 이상 때리기가 싫었다. 우두커니 눈만 흘기고 있다가 그는,

"망할 년, 그럼 내가 나갈라."

하고 그만 문밖으로 뛰어나와서,

"형님, 어디 갑니까?"

하는 아우의 말에는 대답도 안 하고, 곁 동네 탁주[8] 집으로 뒤도 안 돌아보고 가서, 거기 있는 술파는 계집과 술상 앞에 마주 앉았다.

그날 저녁, 얼근히 취한 그는 아내를 위하여 떡을 한 돈 어치 사 가지고 집으로 돌아왔다. 이리하여 또 서너 달은 평화가 이르렀다. 그러나 이 평화가 언제까지든 계속될 수가 없었다. 그의 아우로 말미암아 또 평화는 쪼개져 나갔다.

오월 초승부터 영유 고을 출입이 잦던 그의 아우는 오월 그믐께부터는 고을서 며칠씩 묵어 오는 일이 많았다. 함께, 고을에 첩을 얻어 두었다는 소문이 퍼졌다. 이 소문이 있은 뒤는, 아내는 그의 아우가 고을 들어가는 것을 벌레보다 더 싫어하고, 며칠 묵어서 오는 때면 곧 아우의

---

8 탁주(濁酒) : 막걸리.

집으로 가서 그와 담판을 하며, 심지어 농서 되는 아우의 처에게까지 못 가게 하지 않는다고 싸우는 일이 있었다. 칠월 초승께 그의 아우는 고을에 들어가서 열흘쯤 묵어 온 일이 있었다. 이때도 전과 같이 그의 아내는 그의 아우며 제수(弟嫂)[9]와 싸우다 못하여, 마침내 그에게까지 와서 아우가 그런 못된 데를 다니는 것을 그냥 둔다고 해보자 한다. 그 꼴을 곱게 보지 않았던 그는 첫마디로 고함을 쳤다.

"네가 상관이 무에가? 듣기 싫다."

"못난둥이. 아우가 그런 델 댕기는 걸 말리디두 못하고."

분김에 이렇게 그의 아내는 고함쳤다.

"이년, 무얼?"

그는 벌떡 일어섰다.

"못난둥이!"

그 말이 채 끝나기 전에 그의 아내는 악 소리와 함께 그 자리에 꺼꾸러졌다.

"이년! 사나이게게 그 따윗 말버릇 어디서 배완!"

"에미네 때리는 건 어디서 배왔노? 못난둥이!"

그의 아내는 울음소리로 부르짖었다.

"상년, 그냥? 나갈! 우리 집에 있디 말고 나갈!"

그는 내리찧으면서 부르짖었다. 그리고 아내를 문을 열고 밀쳤다.

"나가디 않으리!"

하고 그의 아내는 울면서 뛰어나갔다.

"망할 년!"

토하는 듯이 중얼거리고 그는 그 자리에 주저앉았다.

---

9 제수(弟嫂) : 계수(季嫂)와 같은 말로, 아우의 아내를 이르는 말.

그의 아내는 해가 져서 어두워져도 돌아오지 않았다. 일단 내어쫓기는 하였지만, 그는 아내의 돌아옴을 기다리고 있었다. 어두워져서도 그는 불도 안 켜고, 성이 나서 우들우들 떨면서 아내의 돌아오기를 기다렸다. 그러나 그의 아내의 참 기쁜 듯이 웃는 소리가 아우의 집에서 밤새도록 울리었다. 그는 움쩍도 안 하고 그 자리에 앉아서 밤을 새운 뒤에 새벽 동터 올 때 아내와 아우를 죽이려고 부엌에 가서 식칼을 가지고 들어와서 문을 벌컥 열었다.

그의 아내로서 만약 근심스러운 얼굴을 하고 그 문밖에 우두커니 서서 문을 들여다보고 있지 않았다면, 그는 아내와 아우를 죽이고야 말았으리라.

그는 아내를 보는 순간, 마음에 가득 차는 사랑을 깨달으면서 칼을 내던지고 뛰어나가서 아내의 머리채를 휘어잡고 이년, 하면서 들어와서, 뺨을 물어뜯으면서 함께 이리저리 자빠져서 뒹굴었다.

그런 이야기는 다 하려면 끝이 없으되, 다만 '그', '그의 아내', '그의 아우' 세 사람의 삼각관계는 대략 이와 같다.

각설[10] —

거울은 마침 장에 마음에 맞는 것이 있었다. 지금 것과 대보면, 어떤 때는 코도 크게 보이고 입이 작게도 보이는 것이지만, 그 당시에는, 그리고 그런 촌에서는 둘도 없는 귀물이었다. 거울을 사 가지고 장을 본 뒤에, 그는 이 거울을 아내에게 주면 그 기뻐할 모양을 생각하며 새빨간 저녁 햇빛을 받는 넘치는 듯한 바다를 안고, 자기 집으로, 늘 들러 오던 탁주 집에도 안 들러서 돌아왔다.

그러나 그가 그의 집 방안에 들어설 때에는, 뜻도 안 하였던 광경이

---

10 각설(却說) : 화제(話題)를 돌림, 소설에서 다른 줄거리로 접어들려고 할 때 첫머리에 쓰는 말.

그의 눈에 벌리어 있었다.

 방 가운데는 떡 상이 있고, 그의 아우는 수건이 벗어져서 목 뒤로 늘어지고, 저고리 고름이 모두 풀어져 가지고 한편 모퉁이에 서 있고, 아내도 머리채가 모두 뒤로 늘어지고, 치마가 배꼽 아래 늘어지도록 되어 있으며, 그의 아내와 아우는 그를 보고 어찌할 줄을 모르는 듯이, 움쩍도 안 하고 서 있었다.

 세 사람은 한참동안 어이가 없어서 서 있었다. 그러나 좀 있다가 마침내 그의 아우가 겨우 말했다.

 "그놈의 쥐 어디 갔나?"

 "흥! 쥐? 훌륭한 쥐 잡댔구나!"

 그는 말을 끝내지도 않고, 짐을 벗어던지고 뛰어가서 아우의 멱살을 끌어 잡았다.

 "형님! 정말 쥐가……'

 "쥐? 이놈! 형수하고 그런 쥐 잡는 놈이 어디 있니?"

 그는 아우를, 따귀를 몇 대 때린 뒤에 등을 밀어서 문밖에 내어던졌다. 그런 뒤에 이제 자기에게 이를 매를 생각하고 우들우들 떨면서 아랫목에 서 있는 아내에게 달려들었다.

 "이년! 시아우와 그르는 년이 어디 있어!"

 그는 아내를 꺼꾸러지고 함부로 내리찧었다.

 "정말 쥐가……. 아이, 죽겠다?"

 "이년! 너두 쥐? 죽어라!"

 그의 팔다리는 함부로 아내의 몸 위에 오르내렸다.

 "아이, 죽갔다. 정말 아까 적온이(시아우가)가 왔게 떡 먹으라고 내놓았더니……."

 "듣기 싫다! 시아우와 붙은 년이 무슨 잔소릴……."

"아이, 아이, 정말이야요. 쥐가 한 마리 나……"

"그냥 쥐?"

"쥐 잡을래다가…….”

"상년! 죽어라! 물에래두 빠데 죽얼!"

그는 실컷 때린 뒤에, 아내도 아우처럼 등을 밀어 쫓았다. 그 뒤에 그의 등으로,

"고기 배때기에 장사해라!"

하고 토하였다.

분풀이는 실컷 하였지만, 그래도 마음속이 자못 편치 못하였다. 그는 아랫목으로 가서, 바람벽을 의지하고 실신한 사람같이 우두커니 서서 떡상만 들여다보고 있었다.

한 시간…… 두 시간…….

서편으로 바다를 향한 마을이라 다른 곳보다는 늦게 어둡지만, 그래도 술시(戌時)[11]쯤 되어서는 깜깜하니 어두웠다. 그는 불을 켜려고 바람벽에서 떠나 성냥을 찾으러 돌아갔다.

성냥은 늘 있던 자리에 있지 않았다. 그래서 여기저기 뒤적이노라니까, 어떤 낡은 옷 뭉치를 들칠 때에 문득 쥐 소리가 나면서 무엇이 후닥닥 뛰어나온다. 그리하여 저편으로 기어서 도망한다.

"역시 쥐댔구나!"

그는 조그만 소리로 부르짖었다. 그리고 그만 그 자리에 맥없이 더럭 주저앉았다.

아까 그가 보지 못한 때의 광경이 활동사진과 같이 그의 머리에 지나갔다.

---

11 술시(戌時) : 십이시의 열한째 시. 오후 7시부터 오후 9시까지의 동안.

아우가 집에를 온다. 아우에게 진절한 아내는 떡을 먹으라고 아우에게 떡상을 내놓는다. 그때에 어디선가 쥐가 한 마리 뛰어나온다. 둘(아우와 아내)이서는 쥐를 잡느라고 돌아간다. 한참 성화시키던 쥐는 어느 구석에 숨어 버린다. 그들은 쥐를 찾느라고 두룩거린다[12]. 그럴 때에 그가 집에 들어선 것이다.

"상년, 좀 있으믄 안 들어오리……."

그는 억지로 마음먹고 그 자리에 드러누웠다.

그러나 아내는 밤이 가고 날이 밝기는커녕 해가 중천에 올라도 돌아오지를 않았다. 그는 차차 걱정이 나서 찾아보러 나섰다.

아우의 집에도 없었다. 동네를 모두 찾아보아도 본 사람도 없다 한다.

그리하여, 낮쯤 한 삼사 리 내려가서 바닷가에서 겨우 아내를 찾기는 찾았지만, 아내는 이전 같은 생기로 찬 산 아내가 아니요, 몸은 물에 불어서 곱이나 크게 되고, 이전에 늘 웃음을 흘리던 예쁜 입에는 거품을 잔뜩 물은 죽은 아내였다.

그는 아내를 업고 집으로 돌아오기까지 정신이 없었다.

이튿날, 간단하게 장사를 하였다. 뒤에 따라오는 아우의 얼굴에는,

"형님, 이게 웬일이오니까?"

하는 듯한 원망이 있었다.

장사를 지낸 이튿날부터 아우는 그 조그만 마을에서 없어졌다. 하루 이틀은 심상히 지냈지만, 닷새가 지나도 아우는 돌아오지 않았다. 그래서 알아보니까, 꼭 아우같이 생긴 사람이 오륙일 전에 멧산자[13] 보따리를 하여 진 뒤에, 시뻘건 저녁 해를 등으로 받고 더벅더벅 동쪽으로 가

---

12 두룩거린다 : '두리번거리다' 의 사투리.
13 멧산자 : 뫼 산(山)재(발음) 모양의 보따리.

더라 한다. 그리하여 열흘이 지나고 스무 날이 지났지만, 한번 떠난 그의 아우는 돌아올 길이 없었고, 혼자 남은 아우의 아내는 매일 한숨으로 세월을 보내게 되었다.

그도 이것을 잠자코 보고 있을 수가 없었다. 그 불행의 모든 죄는 죄다 그에게 있었다.

그도 마침내 뱃사람이 되어, 적으나마 아내를 삼킨 바다와 늘 접근하며 가는 곳마다 아우의 소식을 알아보려고, 어떤 배를 얻어 타고 물길을 나섰다.

그는 가는 곳마다 아우의 이름과 모습을 말하여 물었으나, 아우의 소식은 알 수가 없었다.

이리하여 꿈결같이 십 년을 지내서 구 년 전 가을, 탁탁이 낀 안개를 꿰며 연안(延安)[14]바다를 지나가던 그의 배는, 몹시 바람으로 말미암아 파선을 하여 벗 몇 사람은 죽고, 그는 정신을 잃고 물위에 떠돌고 있었다.

그가 정신을 차린 때는 밤이었다. 그리고 어느덧 그는 뭍 위에 올라와 있었고, 그를 말리느라고 새빨갛게 피워 놓은 불빛으로 자기를 간호하는 아우를 보았다.

그는 이상하게 놀라지도 않고, 천연하게 물었다.

"너 어딯게(어떻게) 여기 완?"

아우는 잠자코 한참 있다가 겨우 대답하였다.

"형님, 거저 다 운명이외다."

따뜻한 불기운에 깜박 잠이 들려다가 그는 화닥닥 깨면서 또 말했다.

"십 년 동안에 되게 파랬구나."

---

14 연안(延安) : 황해도의 지명.

"형님, 나두 번했거니와 형님두 몹시 늙으셨쉐다."

이 말을 꿈결같이 들으면서 그는 또 혼혼히[15] 잠이 들었다. 그리하여 두어 시간, 꿀보다도 단 잠을 잔 뒤에 깨어보니 아까같이 빨간 불은 피어 있지만 아우는 어디로 갔는지 없어졌다. 곁의 사람에게 물어보니까 아까 아우는 형의 얼굴을 물끄러미 한참 들여다보고 있다가 새빨간 불빛을 등으로 받으면서, 더벅더벅 아무 말 없이 어두움 가운데로 사라졌다고 한다.

이튿날, 아무리 찾아보아야 그의 아우는 종적이 없어지고 알 수 없으므로, 그는 하릴없이[16] 다른 배를 얻어 타고 또 물길을 떠났다. 그리하여 그의 배가 해주에 이르렀을 때, 그는 해주 장에 들어가서 무엇을 사려다가, 저편 맞은 편 가게에 얼핏 그의 아우 같은 사람이 있으므로 뛰어가서 보니 그는 벌써 없어졌다. 배가 해주에는 오래 머물지 않으므로 그는 마음은 해주에 남겨 두고, 또 다시 바닷길을 떠났다.

그 뒤에 삼 년을 지내서 지금부터 육 년 전에, 그의 탄 배가 강화도를 지날 날에, 바다를 향한 가파른 뫼켠[17]에서 바다를 향하여 날아오는 '배따라기'를 들었다. 그것도 어떤 구절과 곡조는 그의 아우 특식으로 변경된-그의 아우가 아니면 부를 사람이 없는, '배따라기' 이다.

배가 강화도에는 머무르지 않아서 그저 지나갔으나, 인천서 열흘쯤 머무르게 되었으므로, 그는 곧 내려서 강화도로 건너가 보았다. 거기서 이리저리 찾아다니다가, 어떤 조그만 객줏집에서 물어보니, 이름도 그의 아우요, 생긴 모습도 그의 아우인 사람이 묵어 있기는 하였으나, 사나흘 전에 도로 인천으로 갔다 한다. 그는 곧 돌아서서 인천으로 건너와

---

15 혼혼히 : 정신이 아득하여 희미해지는 모양.
16 하릴없이 : 어떻게 할 도리가 없다. 어찌할 수가 없다.
17 뫼켠 : 곳.

서 찾아보았지만, 그 조그만 인천서도 그의 아우를 찾을 바 없었다.

말을 끝낸 그의 눈에는 저녁 해에 반사하여 몇 방울의 눈물이 반짝인다.

나는 한참 있다가 겨우 물었다.

"노형 계수는?"

"모르디오. 이십 년을 영유는 안 가 봤으니깐요."

"노형은 이제 어디로 갈 테요?"

"것 두 모르디요. 덩처가 있나요? 바람 부는 대로 몰려댕기디요."

그는 다시 한 번 나를 위하여 배따라기를 불렀다. 아아, 그 속에 잠겨 있는 삭이지 못할 뉘우침, 바다에 대한 애처로운 그리움.

노래를 끝낸 다음에 그는 일어서서 시뻘건 저녁 해를 잔뜩 등으로 받고, 을밀대로 향하여 더벅더벅 걸어갔다. 나는 그를 말릴 힘이 없어서 멀거니 그의 등만 바라보고 앉아 있었다.

그날 밤, 집에 돌아와서도 그 '배따라기'와 그의 숙명적 경험담이 귀에 쟁쟁히 울려서 잠을 못 이루고 이튿날 아침, 깨어서 조반도 안 먹고 기자묘로 뛰어가서 또다시 그를 찾아보았다. 그가 어제 깔고 앉았던 풀은 모두 한편으로 누워서 그가 다녀감을 기념하되 그는 그 근처에 보이지 않았다. 그러나, 그러나 '배따라기'는 어디선가 쟁쟁히 울려서 모든 소나무들을 떨리지 않고는 안 두겠다는 듯이 날아온다.

"모란봉(牡丹峰)이다. 모란봉에 있다."

하고 나는 한숨에 모란봉으로 뛰어갔다. 모란봉에는 사람이 하나도 없다. 부벽루(扶壁樓)에도 없다.

"을밀대(乙密臺)다."

하고 나는 다시 을밀대로 갔다. 을밀대에서 부벽루로 연한, 지옥까지 연한 듯한 골짜기에 물 한 방울을 안 새이리라고 빽빽이 난 소나무의 그 모든 잎잎은 떨리는 '배따라기'를 부르고 있지만, 그는 여기도 있지 않았다. 기자묘의, 하늘을 향하여 퍼져 나간 그 모든 소나무의 천만의 잎잎도, 그 아래쪽 퍼진 천만의 풀들도 모두 그 '배따라기'를 슬프게 부르고 있지만, 그는 이 조그만 모란봉 일대에서 찾을 수가 없었다.

강가에 나가서 알아보니, 그의 배는 오늘 새벽에 떠났다 한다. 그 뒤에 여름과 가을이 가고 일 년이 지나서 다시 봄이 이르렀으되, 잠깐 평양을 다녀간 그는 그 숙명적 경험담과 슬픈 '배따라기'를 두었을 뿐, 다시 조그만 모란봉에 나타나지 않았다.

모란봉과 기자묘에 다시 봄이 이르러서, 작년에 그가 깔고 앉아서 부러졌던 풀들도 다시 곧게 대가 나서 자줏빛 꽃이 피려 하지만, 끝없는 뉘우침을 다만 한낱 '배따라기'로 하소연하는 그는 이 조그만 모란봉과 기자묘에서 다시 볼 수가 없었다. 다만 그가 남기고 간 '배따라기'만 추억하는 듯이 모든 잎잎이 속삭이고 있을 따름이다.

감자

김동인

📖 줄거리

　농부의 딸인 복녀는 돈에 팔려 나이가 스무 살이나 더 많은 홀아비에게 시집을 갔다. 생활은 말이 아닌데다 남편은 게을러서, 기어코 평양 교외의 빈민굴로 밀려나와 구걸을 하며 목숨을 이어 가게 되었다.

　마침 기자묘 솔밭에 송충이가 뒤끓어 평양부에서는 인부를 사 송충이를 퇴치하게 되었다. 복녀도 그 인부의 한 사람으로 뽑혀 열심히 일하다가, 문득 이상한 광경을 보게 된다. 몇몇 아낙네들이 감독과 더불어 웃고 놀며 소일하면서, 품삯은 자기보다 훨씬 더 많이 받는 것을 발견한 것이다. 얼마되지 않아 복녀도 감독에게 몸을 더럽히게 되었으며, 그 날부터 다른 아낙네처럼 한가하게 놀며 돈을 벌 수 있게 되었고, 정조를 대수롭게 여기지 않게 되었다. 가을이 닥쳐왔을 때 복녀는 빈민굴 아낙네들처럼 중국인 감자밭에 감자를 도둑질하기 위해 드나들기 시작했다.

　어느날 밤, 그녀는 감자 한 광주리를 훔쳐서 막 일어나려는 찰나 중국인 왕 서방에게 붙잡히고 말았다. 복녀는 중국인을 따라가서 몸을 허락하고 얼마간의 돈을 얻어 돌아왔다. 그 후부터 왕 서방이 그녀의 집까지 드나들기 시작했다. 왕 서방이 다녀가면서부터 그들 부부의 생활에는 약간 윤기가 흐르기 시작했다. 복녀의 집에 왕 서방이 오면 복녀의 남편은 복녀가 마음놓고 몸을 팔 수 있도록 자리를 피해 주곤 했다.

　그러나 중국인 왕 서방이 새로 색시를 사 와 장가를 가게 되었다. 복녀는 타오르는 질투를 참지 못하고 결혼식 날 왕 서방을 찾아가서 수라장을 만들어 버렸다. 그녀는 손에 낫을 쥐고 대항하다가 피를 뿜고 죽어 갔다. 이 날 밤 왕 서방은 복녀의 남편과 의사에게 각각 30원과 20원을 주었다. 이튿날 복녀는 뇌일혈로 죽었다는 한 장의 진단으로 공동 묘지로 실려 갔다.

🔍 작품 분석

이 작품은 「태형」, 「명문」 등과 함께 자연주의 경향의 소설로 소설가로서의 김동인의 위치를 확고히 해 준 작품이다. 「감자」가 김동인의 대표 작품으로 꼽히는 이유는, 뛰어난 소설 형식을 갖추고 있으며 김동인의 자연주의적 경향이 잘 나타나 있다는 점이다. 현대 문명에 대한 비판과 물질주의적 인간의 욕 망을 극명하게 드러내고 있으며, 윤리와 도덕 이전의 인간 본능을 적나라하게 묘사하고 있다.

「감자」는 복녀라는 가난하지만 정직한 농가에서 자란 여인이 환경의 영향을 받아 타락해 가는 과정을 그리고 있다. 자연주의의 특징인 '환경결정론'에 입각한 작품으로 '환경 결정론'이란 주인공의 운명은 환경에 의해 이미 결정되어 있다는 이론이다. 복녀의 죽음도 따지고 보면 불우한 환경이 빚어낸 일종의 숙명으로, 그 운명은 환경에 의해 이미 결정되었다는 것이다.

이 소설은 환경이 인간의 윤리 의식을 박탈하는 과정을 그리고 있다. 가난과 게으름 때문에 싸움과 간통, 도둑질 등 도덕성과 윤리 의식이 없는 빈민굴로 오게 된 복녀는 원래는 선비의 가통(家統)을 이은 집안의 딸이라 염치도 알고 경우도 아는 인물이었지만, 가난 때문에 밥을 얻으러 다니기도 하고 몸을 팔기 시작한다. 가난이 복녀의 행위를 바꾸고 비극으로 이끌고 있는 것이다.

평안도 사투리와 하층 사회의 비속어 구사, 장면 중심적인 사건 전개의 집약적 효과 등 뛰어난 소설적 표현을 구사하고 있지만 도덕과 윤리의식을 내던진 인간의 부정적 측면을 드러내는데에 그쳐 일제 강점기 민족적 빈곤과 비극의 원인에 대한 구체적 모색에는 미흡하다는 한계를 보이고 있다.

✻ 작품 개요

출전 : 〈조선문단〉 1월호 (1925년).
구성 : 순행적.
시점 : 전지적 작가 시점.
주제 : 불우한 환경이 빚어낸 한 여인의 운명적 비극.
표현의 성격 : 자연주의적 경향.

◉ 주요 인물 분석

복녀 : 가난하지만 정직한 농가에서 엄한 가정 교육을 받고 자라, 도덕성과 윤리 의식이 있던 처녀였으나 돈 80원에 게으른 남편에게 팔려와 빈민굴로 이사간 후 자신을 둘러싼 환경 때문에 몸을 팔고 타락과 파멸의 길을 걷다가 질투로 인해 죽는다.
남편 : 천성이 게으르고 아내의 매춘으로 편안히 사는 것에 동조하는, 도덕적으로 타락한 인물.
왕 서방 : 중국인 지주로 돈으로 세상 모든 일을 처리하는 배금주의자며 호색한(好色漢).
감독 : 자신의 지위를 이용하여 세상을 살아가는 공정치 못한 관원.

⏱ 시간과 공간

시간 : 1920년대.
공간 : 평양 칠성문 밖 빈민굴 – 싸움, 간통, 살인, 노석, 구걸, 성욕, 이 세상의 모든 비극과 활극의 근원지.

감자

싸움, 간통, 살인, 도적, 구걸, 징역, 이 세상의 모든 비극과 활극의
근원지인 칠성문 밖 빈민굴로 오기 전까지는 복녀의 부처는(사농공상[1]
의 제2위에 드는)농민이었었다.

　복녀는, 원래 가난은 하나마 정직한 농가에서 규칙 있게 자라난 처녀
였었다. 이전 선비의 엄한 규율은 농민으로 떨어지자부터 없어졌다 하
나, 그러나 어딘지는 모르지만 딴 농민보다는 좀 똑똑하고 엄한 가율이
그의 집에 그냥 남아 있었다. 그 가운데서 자라난 복녀는 물론 다른 집
처녀들같이 여름에는 벌거벗고 개울에서 멱 감고, 바지바람으로 동네를
돌아다니는 것을 예사로 알기는 알았지만, 그러나 그의 마음속에는 막
연하나마 도덕이라는 것에 대한 저품[2]을 가지고 있었다.

　그는 열다섯 살 나는 해에 동네 홀아비에게 팔십 원에 팔려서 시집이
라는 것을 갔다. 그의 새서방(영감이라는 편이 적당할까)이라는 사람은
그보다 이십 년이나 위로서, 원래 아버지의 시대에는 상당한 농민으로
서 밭도 몇 마지기 있었으나, 그의 대로 내려오면서는 하나 둘 줄기 시

---

1 사농공상(士農工商) : 선비 · 농부 · 장인(匠人) · 상인(商人)의 네 가지 신분을 아울러 이르던 말.
2 저품 : '두려움'의 옛말.

작하여, 마지막에 복녀를 산 팔십 원이 그의 마지막 재산이었다. 그는 극도로 게으른 사람이었다. 동네 노인의 주선으로 소작 밭깨나 얻어주면, 종자만 뿌려 둔 뒤에는 후치질[3]도 안하고 김도 안 매고 그냥 버려두었다가는, 가을에 가서는 되는 대로 거두어서 '금년은 흉년입네.' 하고 전주집[4]에는 가져도 안 가고 자기 혼자 먹어버리고 하였다. 그러니까 그는 한 밭을 이태[5]를 연하고 부쳐본 일이 없었다. 이리하여 몇 해를 지내는 동안 그는 그 동네에서는 밭을 못 얻으리만큼 인심과 신용을 잃고 말았다.

복녀가 시집을 온 뒤, 한 삼사 년은 장인의 덕으로 이렁저렁 지나갔으나, 이전 선비의 꼬리인 장인도 차차 사위를 밉게 보기 시작하였다. 그들은 처가에까지 신용을 잃게 되었다.

그들 부처는 여러 가지로 의논하다가 하릴없이 평양성 안으로 막벌이로 들어왔다. 그러나 게으른 그에게는 막벌이나마 역시 되지 않았다. 하루 종일 지게를 지고 연광정에 가서 대동강만 내려다보고 있으니, 어찌 막벌이인들 될까. 한 서너 달 막벌이를 하다가, 그들은 요행 어떤 집 막간(행랑)살이[6]로 들어가게 되었다.

그러나 그 집에서도 얼마 안 하여 쫓겨나왔다. 복녀는 부지런히 주인 집 일을 보았지만, 남편의 게으름은 어찌할 수가 없었다. 매일 복녀는 눈에 칼을 세워 가지고 남편을 채근하였지만, 그의 게으른 버릇은 개를 줄 수는 없었다.

"볏섬[7] 좀 치워 달라우요."

---

3 후치질 : 쟁기로 고랑을 파서 이랑의 북을 돋우는 일.
4 전주집 : 논밭의 주인집.
5 이태 : 두 해.
6 막간(행랑)살이 : 남의 행랑을 빌려 들고 그 대가로 그 집 일을 도와주며 사는 생활.
7 볏섬 : 볏짚으로 엮어 만든 멱서리에 벼를 담아 놓은 것.

"남 졸음 오는데, 님자 치우시관."

"내가 치우나요?"

"이십 년이나 밥 처먹구 그걸 못 치워."

"에이구, 칵 죽구나 말디."

"이년, 뭘!"

이러한 싸움이 그치지 않다가, 마침내 그 집에서도 쫓겨나왔다.

이젠 어디로 가나? 그들은 할 일없이 칠성문 밖 빈민굴로 밀려오게 되었다.

칠성문 밖을 한 부락으로 삼고 그곳에 모여 있는 모든 사람들의 정업[8]은 거러지[9]요, 부업으로는 도둑질과 (자기네끼리의) 매음[10], 그 밖에 이 세상의 모든 무섭고 더러운 죄악이었었다. 복녀도 그 정업으로 나섰다.

그러나 열아홉 살의 한창 좋은 나이의 여편네에게 누가 밥인들 잘 줄까.

"젊은 거이 거랑[11]은 왜?"

그런 소리를 들을 때마다 그는 여러 가지 남편이 병으로 죽어가거니 어쩌거니 핑계는 대었지만, 그런 핑계에 단련된 평양 시민의 동정은 역시 살 수가 없었다. 그들은 이 칠성문 밖에서도 가장 가난한 사람 가운데 드는 편이었었다. 그 가운데서 잘 수입되는 사람은 하루에 오 리의 돈푼으로 일 원 칠팔십 전의 현금을 쥐고 돌아오는 사람까지 있었다.

극단으로 나가서는 밤에 돈벌이 나갔던 사람은 그날 밤 사백여 원을 벌어 가지고 와서 그 근처에 담배 장사를 시작한 사람까지 있었다.

---

8 정업 : 생업, 직업.
9 거러지 : '거지', '걸인'을 뜻하는 경상도 사투리.
10 매음 : 여자가 돈을 받고 몸을 파는 일.
11 거랑 : 남의 광구(鑛區)나 버력탕 같은 데서 감돌을 고르거나 사금을 채취하여 조금씩 돈을 버는 일.

복녀는 열아홉 살이었다. 얼굴도 그만하면 빤빤하였다. 그 동네 여인들의 보통 하는 일을 본받아서, 그도 돈벌이 좀 잘하는 사람의 집에라도 간간이 찾아가면, 매일 오륙십 전은 벌수가 있었지만, 선비의 집안에서 자라난 그는 그런 일은 할 수가 없었다.

그들 부처는 역시 가난하게 지냈다. 굶는 일도 흔히 있었다.

기자묘 솔밭에 송충이가 끓었다. 그때, 평양부에서는 그 송충이를 잡는 데(은혜를 베푸는 뜻으로)칠성문 밖 빈민굴의 여인들을 인부로 쓰게 되었다.

빈민굴 여인들은 모두 다 지원을 하였다. 그러나 뽑힌 것은 겨우 오십 명쯤이었다. 복녀도 그 뽑힌 사람 가운데 한 사람이었다.

복녀는 열심히 송충이를 잡았다. 소나무에 사다리를 놓고 올라가서는, 송충이를 집게로 집어서 약물에 잡아놓고 또 그렇게 하고, 그의 통은 잠깐 사이에 차고 하였다. 하루에 삼십이 전씩의 품삯이 그의 손에 들어왔다.

그러나 대엿새 하는 동안에 그는 이상한 현상을 하나 발견하였다. 그것은 다른 것이 아니라, 젊은 여 인부 한 여남은 사람은 언제나 송충이는 안 잡고, 아래서 지질거리며 웃고 날뛰기만 하고 있는 것이었다. 뿐만 아니라, 그 놀고 있는 인부의 품삯은, 일하는 사람의 삯전보다 팔 전이나 더 많이 내어주는 것이다.

감독은 한 사람뿐이었는데 감독도 그들의 놀고 있는 것을 묵인할 뿐 아니라, 때때로는 자기까지 섞여서 놀고 있었다.

어떤 날, 송충이를 잡다가 점심때가 되어서, 나무에서 내려와서 점심을 먹고 다시 올라가려 할 때에 감독이 그를 찾았다.

"복네! 애, 복네!"

"왜 그릅네까?"

그는 약통과 집게를 놓고 뒤로 돌아섰다.

"좀 오나라."

그는 말없이 감독 앞에 갔다.

"애, 너, 음…… 데 뒤 좀 가 보디 않갔니?"

"뭘 할레요?"

"글쎄, 가야…….."

"가디요. ……형님!"

그는 돌아서면서 인부들 모여 있는 데로 고함쳤다.

"형님두 갑세다가레!"

"싫다 애. 둘이서 재미나게 가는데, 내가 무슨 맛에 가갔니?"

복녀는 얼굴이 새빨갛게 되면서 감독에게로 돌아섰다.

"가 보자."

감독은 저편으로 갔다. 복녀는 머리를 수그리고 따라갔다.

"복네 좋갔구나."

뒤에서 이러한 조종 소리가 들렸다. 복녀의 숙인 얼굴은 더욱 발갛게 되었다.

그날부터 복녀도 '일 안 하고 품삯 많이 받는 인부'의 한 사람으로 되었다.

복녀의 도덕관 내지 인생관은, 그때부터 변하였다.

그는 아직껏 딴 사내와 관계를 한다는 것을 생각하여 본 일도 없었다. 그것은 사람의 일이 아니요, 짐승의 하는 짓쯤으로만 알고 있었다. 혹은 그런 일을 하면 탁 죽어지는지도 모를 일로 알았다.

그러나 이런 이상한 일이 어디 다시 있을까. 사람인 자기도 그런 일을 한 것을 보면, 그것은 결코 사람으로 못 할 일이 아니었다. 게다가 일 안 하고도 돈 더 받고, 긴장된 유쾌가 있고, 빌어먹는 것보다 점잖고…….

감자_김동인

일본말로 하자면 '삼박자(三拍子)' 같은 좋은 일인 이것뿐이었다. 이것이야말로 삶의 비결이 아닐까. 뿐만 아니라, 이 일이 있은 뒤부터 그는 처음으로 한 개 사람이 된 것 같은 자신까지 얻었다.

그 뒤부터는, 그의 얼굴에는 조금씩 분도 바르게 되었다.

일 년이 지났다.

그의 처세의 비결은 더욱더 순탄히 진척되었다. 그의 부처는 이제는 그리 궁하게 지내지는 않게 되었다.

그의 남편은, 이것이 결국 좋은 일이라는 듯이 아랫목에 누워서 벌신벌신 웃고 있었다.

복녀의 얼굴은 더욱 이뻐졌다.

"여보 아즈바니[12], 오늘은 얼마나 벌었소?"

복녀는 돈 좀 많이 벌은 듯한 거지를 보면 이렇게 찾는다.

"오늘은 많이 못 벌었쉐다."

"얼마?"

"도무지 열서너 냥."

"많이 벌었쉐다가레. 한 댓 냥 꿰주소고레."

"오늘은 내가……."

어쩌고저쩌고 하면, 복녀는 곧 뛰어가서 그의 팔에 늘어진다.

"나한테 들킨 댐에는 뀌고야 말아요."

"난 원, 이 아즈마니 만나믄 야단이더라. 자, 꿰주디. 그 대신 응? 알았디?"

"난 몰라요. 해해해해."

"모르믄, 안 줄 테야."

"글쎄, 알았대두 그른다."

그의 성격은 이만큼까지 진보되었다.

가을이 되었다.

칠성문 밖 빈민굴의 여인들은 가을이 되면 칠성문 밖에 있는 중국인의 채마밭에 감자(고구마)며 배추를 도적질 하러, 밤에 바구니를 가지고 간다. 복녀도 감자깨나 잘 도적질하여 왔다.

어떤 날 밤, 그는 고구마를 한 바구니 잘 도적질하여 가지고, 이젠 돌아오려고 일어설 때, 그의 뒤에 시커먼 그림자가 서서 그를 꽉 붙들었다. 보니, 그것은 그 밭의 주인인 중국인 왕 서방이었다. 복녀도 말도 못하고 멀뚱멀뚱 발아래만 내려다보고 있었다.

"우리 집에 가."

왕 서방은 이렇게 말하였다.

"가재믄 가디. 원, 것두 못 갈까."

복녀는 엉덩이를 한 번 홱 두른 뒤에, 머리를 젖히고 바구니를 저으면서 왕 서방을 따라갔다.

한 시간쯤 뒤에 그는 왕 서방의 집에서 나왔다. 그가 밭고랑에서 길로 들어서려 할 때에, 문득 뒤에서 누가 그를 찾았다.

"복네 아니야?"

복녀는 홱 돌아서 보았다. 거기는 자기 곁집 여편네가 바구니를 끼고, 어두운 밭고랑을 더듬더듬 나오고 있었다.

"형님이댔쉐까? 형님두 들어갔댔쉐까?"

"님자두 들어갔댔나?"

"형님은 뉘 집에?"

"나? 눅(陸) 서방네, 님자는?"

"난 왕 서방네……. 형님, 얼마 받았소?"

"눅 서방네 그 깍쟁이 놈, 배추 세 폐기……."

"난 삼 원 받았디."

복녀는 자랑스러운 듯이 대답하였다.

십 분쯤 뒤에 그는 자기 남편과, 그 앞에 돈 삼 원을 내어놓은 뒤에, 아까 그 왕 서방의 이야기를 하면서 웃고 있었다.

그 뒤부터 왕 서방은 무시로[13] 복녀를 찾아왔다.

한참 왕 서방이 눈만 멀찐멀찐 앉아 있으면, 복녀의 남편은 눈치를 채고 밖으로 나간다. 왕 서방이 돌아간 뒤에는 그들 부처는, 일 원 혹은 이 원을 가운데 놓고 기뻐하고 하였다.

복녀는 차차 동네 거지들한테 애교를 파는 것을 중지하였다. 왕 서방이 분주하여 못 올 때가 있으면 복녀는 스스로 왕 서방의 집까지 찾아갈 때도 있었다.

복녀의 부처는 이제 이 빈민굴의 한 부자였다.

그 겨울도 가고 봄이 이르렀다.

그때 왕 서방은 돈 백 원으로 어떤 처녀를 하나 마누라로 사 오게 되었다.

"흥!"

복녀는 다만 코웃음만 쳤다.

"복녀, 강짜[14]하갔구만."

동네 여편네들이 이런 말을 하면, 복녀는 흥 하고 코웃음을 웃고 하였다.

내가 강짜를 해? 그는 늘 힘 있게 부인하고 하였다. 그러나 그의 마음에 생기는 검은 그림자는 어찌할 수가 없었다.

---

13 무시로 : 시도 때도 없이, 아무 때나, 수시로.
14 강짜 : 강샘의 속된 말로 강한 샘. 질투. 투기(妬忌)를 이르는 말.

"이놈 왕 서방, 네 두고 보자."

왕 서방이 세시를 데려오는 날이 가까웠다. 왕 서방은 아직껏 자랑하던 길다란 머리를 깎았다. 동시에 그것은 새색시의 의견이라는 소문이 퍼졌다.

"흥!"

복녀는 역시 코웃음만 쳤다.

마침내 색시가 오는 날이 이르렀다. 칠보단장[15]에 사인교[16]를 탄 색시가, 칠성문 밖 채마밭 가운데 있는 왕 서방의 집에 이르렀다.

밤이 깊도록, 왕 서방의 집에는 중국인들이 모여서 별난 악기를 뜯으며 별난 곡조로 노래하며 야단하였다. 복녀는 집 모퉁이에 숨어 눈에 살기를 띠고 방안의 동정을 듣고 있었다.

다른 중국인들은 새벽 두 시쯤 하여 돌아가는 것을 보면서, 복녀는 왕 서방의 집 안에 들어갔다. 복녀의 얼굴에는 분이 하얗게 발리어 있었다.

신랑 신부는 놀라서 그를 쳐다보았다. 그것을 무서운 눈으로 흘겨보면서, 그는 왕 서방에게 가서 팔을 잡고 늘어졌다. 그의 입에서는 이상한 웃음이 흘렀다.

"자, 우리 집으로 가요."

왕 서방은 아무 말도 못하였다. 눈만 정처 없이 두룩두룩하였다. 복녀는 다시 한 번 왕 서방을 흔들었다.

"자, 어서."

"우리, 오늘 밤 일이 있어 못 가."

"일은 밤중에 무슨 일?"

---

15 칠보단장 : 여러 가지 패물로 몸을 꾸밈.
16 사인교 : 앞뒤에 각각 두 사람씩 모두 네 사람이 메는 가마.

"그래두, 우리 일이……."

복녀의 입에 아직껏 떠돌던 이상한 웃음은 문득 없어졌다.

"이까짓 것."

그는 발을 들어서 치장한 신부의 머리를 찼다.

"자, 가자우, 가자우."

왕 서방은 와들와들 떨었다. 왕 서방은 복녀의 손을 뿌리쳤다.

복녀는 쓰러졌다. 그러나 곧 다시 일어섰다. 그가 다시 일어설 때는, 그의 손에는 얼른얼른 하는 낫이 한 자루 들려 있었다.

"이 되놈. 죽어라, 죽어라. 이놈, 나 때렸디! 이놈아, 아이구, 사람 죽이는구나."

그는 목을 놓고 처울면서 낫을 휘둘렀다. 칠성문 밖 외따른 밭 가운데 홀로 서 있는 왕 서방의 집에서는 일장의 활극이 일어났다. 그러나 그 활극도 곧 잠잠하게 되었다. 복녀의 손에 들려 있던 낫은 어느덧 왕 서방의 손으로 넘어가고, 복녀는 목으로 피를 쏟으면서 그 자리에 고꾸라져 있었다.

복녀의 송장은 사흘이 되도록 무덤으로 못 갔다. 왕 서방은 몇 번을 복녀의 남편을 찾아갔다. 복녀의 남편도 때때로 왕 서방을 찾아갔다. 둘의 사이에는 무슨 교섭하는 일이 있었다. 사흘이 지났다.

밤중에 복녀의 시체는 왕 서방의 집에서 남편의 집으로 옮겨졌다. 그리고 시체에는 세 사람이 둘러앉았다. 한 사람은 복녀의 남편, 한 사람은 왕 서방, 또 한 사람은 어떤 한방의사. 왕 서방은 말없이 돈주머니를 꺼내어, 십 원짜리 지폐 석 장을 복녀의 남편에게 주었다. 한방의사의 손에도 십 원짜리 두 장이 갔다.

이튿날, 복녀는 뇌일혈로 죽었다는 한방의사의 진단으로 공동묘지로 실려 갔다.

붉은 산

김동인

📖 줄거리

　의학연구차 만주를 순회하던 '나' 는 가난한 한국 소작인들이 모여 사는 마을에서 '삵' 이라는 별명을 가진 정익호를 만나게 된다. '삵' 은 투전과 싸움으로 이름난 마을의 골칫거리요 망나니였다. 그래서 마을 사람들은 사람이 죽으면 "삵이나 죽지" 할 정도로 그를 미워하고 꺼려하였다.

　어느 날 소작료를 적게 냈다는 이유로 만주인 지주에게 송 첨지 노인이 얻어맞아 죽게 되는 사건이 일어났다. 이에 마을 사람들은 흥분할 뿐 감히 항의 한마디 하지 못하였다. 이런 이야기를 여에게 전해 들은 삵의 얼굴에는 비장한 기운이 서린다.

　그리고 이튿날 아침 동구 밖에 '삵' 이 피투성이가 되어 쓰러져 있다. 그는 혼자 못된 만주인 지주의 집에 가서 송 첨지 노인을 죽인 분풀이를 하다가 당한 것이다. 임종 직전에 삵은 나에게 "붉은 산과 흰 옷이 보고 싶다"고 말하며, 마을 사람들이 들려주는 애국가를 들으며 운명한다.

🔍 작품 분석

　이 작품은 낭만주의적, 예술지상주의적, 탐미주의*적, 자연주의적인 김동인의 작품세계에 비춰볼 때 다소 색다른 경향이었다. 이 소설은 1931년 7월 2일 중국 지린성[吉林省]에서 한중 양국농민 사이에 일어난 만보산 사건이 작품의 제작 동기로 추측되는데, 1인칭 관찰자의 시점에서 송 첨지와 삵의 비극적인 삶을 서술하고 있다. 이들의 죽음은 억압받는 우리 민족을 상징적으로 나타내고 있으며, **주인공의 죽음이 개인적인 자기 구제에 국한된 김동인의 다른 작품들과는 달리 그러한 민족적 현실을 인식하고 있다는 점에서 민족주의적인 작품이라고 할 수 있다.**

*탐미주의 : 유미주의. 19세기 후반 유럽을 중심으로 나타난 문예사조의 하나로, 아름다움만을 최고의 목적으로 생각하여, 이를 추구함.

　　억눌렸던 민족의 복수감정을 '삵'의 행동이 어느 만큼은 해소시켜주는데, '삵'의 이러한 행동에는 '밥버러지 기생충' 생활만을 해온 자신의 비도덕적인 행위를 뉘우치고 남을 위해 무엇인가 헌신해야겠다는 속죄 의식이 담겨 있다. 이러한 민족감정에 부딪힘으로써 김동인은 민족애를 고취시켜준 비극미를 표현하고 있다.

　　또한 이 작품은 일인칭 관찰자인 '나'의 눈을 통해 주인공 '삵'을 묘사함으로써 소설로서의 사실성을 강조하는 사실주의적 기법으로 창작되었다. 그러나 '나'가 그들의 삶에 조금도 개입함이 없이 철저한 관찰자의 입장에서 문제를 인식하고 있다는 점은 다소 피상적인 민족주의적 단면을 드러내는 한계를 안고 있다.

✄ 작품 개요

출전 : 〈삼천리〉 (1932년).
구성 : 순행적.
시점 : 1인칭 관찰자 시점.
주제 : 민족주의, 사실주의.*
표현의 성격 : 비극적.

*사실주의 : 19세기 후반 낭만주의에 대립하여 일어난 문예사조로, 현실을 미화하거나 이상화하려 하지 않고 현실을 있는 그대로 묘사하려는 입장.

⊙ 주요 인물 분석

정익호 : '삵'이라는 별명이 붙었을 정도로 교활하고 표독스러우며 제멋대로인 무법자였으나 송 첨지의 억울한 죽음에 아무도 나서지 못할 때 혼자 중국인 지주를 찾아갔다가 목숨을 잃는 민족애의 소유자.
여(余) : 의사로서 서술자. 처음에는 철저히 관찰자적인 자세였으나 '송 첨지'의 죽음 이후 작품 전면에 등장, '삵'에 대한 태도가 지나치게 감정적인 모습으로 나타남.

⊙ 시간과 공간

시간 : 일제 강점기.
공간 : 만주.

붉은 산

– 어떤 의사의 수기(手記)

그것은 여(余)[1]가 만주를 여행할 때 일이었다. 만주의 풍속도 좀 살필 겸, 아직껏 문명의 세례를 받지 못한 그들의 사이에 퍼져 있는 병(病)을 좀 조사할 겸해서 일 년의 기한을 예산하여 가지고 만주를 시시콜콜 다 돌아온 적이 있었다. 그때에 ××촌이라 하는 조그만 촌에서 본 일을 여기에 적고자 한다.

××촌은 조선 사람 소작인만 사는 이십여 호 되는 작은 촌이었다. 사면을 둘러보아도 한 개의 산도 볼 수가 없는 광막한 만주의 벌판 가운데 놓여 있는 이름도 없는 작은 촌이었다.

몽고사람 종자(從者)[2]를 하나 데리고 노새를 타고 만주의 농촌을 돌아다니며 여가 그 ××촌에 이른 때는 가을도 다 가고 어느덧 광포한 북극의 겨울이 만주를 찾아온 때였다.

만주의 어느 곳이나 조선 사람이 없는 곳은 없지만, 이러한 오지(奧

---

1 여 : '나' 의 한자어. 이것으로 이 작품이 일인칭 관찰자 시점으로 서술되었음을 알 수 있다.
2 종자 : 따라다니며 시중 보는 사람.

地)에서 한 동네가 죄 조선 사람뿐으로 되어 있는 곳을 만나니 반가웠다. 더구나 그 동네는 비록 모두가 만주국인의 소작인이라 하나, 사람들이 비교적 온량하고 정직하여, 장성한 이들은 그래도 모두 천자문 한 권쯤은 읽은 사람들이었다. 살풍경한 만주, 그 가운데서 살풍경한 살림을 하는 만주국인이며 조선 사람의 동네를 근 일 년이나 돌아다니다가 비교적 평화스런 이런 동네를 만나면, 그것이 비록 외국인의 동네라 하여도 반갑겠거늘, 하물며 우리 같은 동족임에랴. 여는 그 동네에서 한 십여 일 이상을 일없이 매일 호별 방문을 하며 그들과 이야기로 날을 보내며, 오래간만에 맛보는 평화적 기분을 향락하고 있었다.

'삵' 이라는 별명을 가지고 있는 '정익호' 라는 인물을 본 것이 여기서이다.

익호라는 인물의 고향이 어디인지는 xx촌에서 아무도 몰랐다. 사투리로 보아서 경기 사투리인 듯하지만, 빠른 말로 재재거리는 때에는 영남 사투리가 보일 때도 있고, 싸움이라도 할 때는 서북 사투리가 보일 때도 있었다. 그런지라 사투리로써 그의 고향을 짐작할 수가 없었다. 쉬운 일본말도 알고, 한문글자도 좀 알고, 중국말은 물론 꽤 하고, 쉬운 러시아말도 할 줄 아는 점 등등, 이곳저곳 숱하게 주워 먹은 것은 짐작이 가지만, 그의 경력을 똑똑히 아는 사람은 없었다.

그는 여(余)가 xx촌에 가기 일 년 전쯤 빈손으로 이웃이라도 오듯 후더덕 xx촌에 나타났다 한다. 생김생김으로 보아서 얼굴이 쥐와 같고 날카로운 이빨이 있으며 눈에는 교활함과 독한 기운이 늘 나타나 있으며, 발록한 코에는 코털이 밖으로까지 보이도록 길게 났고, 몸집은 작으나 민첩하게 되었고, 나이는 스물다섯에서 사십까지 임의로 볼 수 있으며, 그 몸이나 얼굴 생김이 어디로 보든 남에게 미움을 사고 근접지 못할 놈이라는 느낌을 갖게 한다.

그의 장기(長技)는 투전이 일쑤며, 싸움 잘하고 트집 잘 잡고, 칼부림 잘하고, 색시에게 덤벼들기 잘하는 것이라 한다.

생김생김이 벌써 남에게 미움을 사게 되었고, 거기다 하는 행동조차 변변치 못한 일만이라, xx촌에서도 아무도 그를 대접하는 사람이 없었다. 사람들은 모두 그를 피하였다. 집이 없는 그였으나 뉘 집에 잠이라도 자러 가면 그 집 주인은 두말없이 다른 방으로 피하고 이부자리를 준비하여 주곤 하였다. 그러면 그는 이튿날 해가 낮이 되도록 실컷 잔 뒤에 마치 제 집에서 일어나듯 느직이 일어나서 조반을 청하여 먹고는 한마디의 사례도 없이 나가버린다.

그리고 만약 누구든 그의 이 청구에 응치 않으면 그는 그것을 트집으로 싸움을 시작하고, 싸움을 하면 반드시 칼부림을 하였다.

동네의 처녀들이며 젊은 여인들은 익호가 이 동네에 들어온 뒤부터는 마음 놓고 나다니지를 못하였다. 철없이 나갔다가 봉변을 당한 사람도 몇이 있었다.

'삵.'

이 별명은 누가 지었는지 모르지만 어느덧 xx촌에서는 익호를 익호라 부르지 않고 '삵'이라고 부르게 되었다.

"삵이 뉘 집에서 묵었나?"

"김 서방네 집에서."

"다른 봉변은 없었다나?"

"요행히 없었다네."

그들은 아침에 깨면 서로 인사 대신으로 '삵'의 거취를 알아보고 하였다.

'삵'은 이 동네에서는 커다란 암종[3]이었다. '삵' 때문에 아무리 농사

---

3 암종 : 암적인 존재를 말함.

에 사람이 부족한 때라도 젊고 튼튼한 몇 사람은 동네의 젊은 부녀를 지키기 위하여 동네 안에 머물러 있지 않을 수가 없었다. '삵' 때문에 부녀와 아이들은 아무리 더운 여름 저녁에라도 길에 나서서 마음 놓고 바람을 쏘여보지를 못하였다. '삵' 때문에 동네에서는 닭의 가리며 돼지우리를 지키기 위하여 밤을 새우지 않을 수 없었다.

동네의 노인이며 젊은이들은 몇 번 모여서 '삵'을 이 동리에서 내쫓기를 의논하였다. 물론 합의는 되었다. 그러나 내쫓는 데 선착할 사람이 없었다.

"첨지가 선착하면 뒤는 내 담당하마."

"뒤는 걱정 말고 형님 먼저 말해보시오."

제각각 '삵'에게 먼저 달려들기를 피하였다.

이리하여 동리에서는 합의는 되었으나 '삵'은 그냥 태연히 이 동네에 묵게 있게 되었다.

"며늘년들이 조반이나 지었나?"

"손주놈들이 잠자리나 준비했나?"

마치 그 동네의 모두가 자기의 집안인 것같이 '삵'은 마음대로 이집 저집을 드나들었다.

xx촌에서는 사람이라도 죽으면 반드시 조상(弔喪) 대신으로,

"'삵'이나 죽지 않고."

하는 한마디의 말을 잊지 않고 하였다. 누가 병이라도 나면,

"에익! 이놈의 병 '삵' 한테로 가거라."

고 하였다.

암종. 누구나 '삵'을 동정하거나 사랑하는 사람이 없었다.

'삵'도 남의 동정이나 사랑은 벌써 단념한 사람이었다. 누가 자기에게 아무런 대접을 하든 탓하지 않았다. 보이는 데서 보이는 푸대접을 하면

그 트집으로 반드시 칼부림까지 하는 그였지만, 뒤에서 아무런 말을 할지라도 그리고 그것이 '삵'의 귀에까지 갈지라도 탓하지 않았다.

"흥……."

이 한 마디는 그의 가장 큰 처세 철학이었다.

흔히 그는 곁 동네 만주국인들의 투전판에 가서 투전을 하였다. 때때로 두들겨 맞고 피투성이가 되어서 돌아오는 일도 있었다. 그러나 그는 그 하소연을 하는 일이 없었다. 한다 할지라도 들을 사람도 없거니와, 아무리 무섭게 두들겨 맞은 뒤라도 하루만 샘물에 상처를 씻고 절룩절룩한 뒤에는 또 이튿날은 천연히 나다녔다.

여(余)가 xx촌을 떠나기 전날이었다.

송 첨지라는 노인이 그해 소출[4]을 나귀에 실어가지고 만주국인 지주가 있는 xx촌으로 갔다. 그러나 돌아올 때는 송장이 되었다. 소출이 좋지 못하다고 두들겨 맞아서 부러져 꺾어진 송 첨지는 나귀등에 몸이 결박되어서 xx촌으로 돌아왔다. 그리고 놀란 친척들이 나귀에서 몸을 내릴 때에 절명하였다.

xx촌에서는 왁자하였다.

"원수를 갚자!"

명 아닌 목숨을 끊은 송 첨지를 위하여 동네의 젊은이는 모두 흥분하였다. 제각기 이제라도 들고 일어설 듯하였다.

그러나 그뿐이었다. 누구든 앞장을 서려는 사람이 없었다. 만약 이때에 누구든 앞장을 서는 사람만 있었다면, 그들은 곧 지주에게로 달려갔을지 모른다. 그러나 제가 앞장을 서겠노라고 나서는 사람은 없었다. 제각기 곁 사람을 돌아보았다.

---

4 소출 : 논밭에서 생산되는 곡식, 또는 그 곡식의 양.

연해 발을 굴렀다. 부르짖었다. 학대받는 인종의 고통을 호소하며 울었다. 그러나 그뿐이었다. 남의 일로 지주에게 반항하여 제 밥자리까지 떼이기를 꺼림인지, 용감히 앞서 나가는 사람은 없었다.

여는 의사라는 여의 직업상 송 첨지의 시체를 검시하였다. 돌아오는 길에 여는 '삵'을 만났다. 키가 작은 '삵'을 여는 내려다보았다. '삵'은 여를 쳐다보았다.

"가련한 인생아. 인종의 거머리야. 가치 없는 인생아. 밥버러지야. 기생충아!"

여가 '삵'에게 말하였다.

"송 첨지가 죽은 줄 아니?"

여의 말에 아직껏 여를 쳐다보고 있던 '삵'의 얼굴이 아래로 떨어졌다. 그리고 여가 발을 떼려는 순간, 얼핏 '삵'의 얼굴에 나타난 비장한 표정을 여는 넘길 수가 없었다.

고향을 떠난 만 리 밖에서 학대받는 인종의 가엾음을 생각하고 그 밤은 여도 잠을 못 이루었다.

그 억분함을 호소할 곳도 못 가진 우리의 처지를 생각하고, 여도 눈물을 금치 못하였다.

이튿날 아침이었다.

여를 깨우러 오는 사람의 소리에 여는 반사적으로 일어났다.

'삵'이 동구(洞口) 밖에서 피투성이가 되어 죽어 있다는 것이었다. 여는 '삵'이라는 말에 눈살을 찌푸렸다. 그러나 의사라는 직업상, 곧 가방을 수습하여 가지고 '삵'이 넘어진 데까지 달려갔다. 송 첨지의 장례식 때문에 모였던 사람 몇은 여의 뒤에 따라왔다.

여는 보았다. '삵'의 허리가 기역자로 뒤로 부러져 밭고랑 위에 넘어져 있는 것을, 여는 달려가 보았다. 아직 약간의 온기는 있었다.

“익호! 익호!”

그러나 그는 정신을 못 차렸다. 여는 응급수단을 하였다. 그의 사지는 무섭게 경련되었다.

이윽고 그가 눈을 번쩍 떴다.

“익호! 정신 드나?”

그는 여의 얼굴을 보았다. 끝이 없이 한참을 쳐다보았다. 그의 눈동자가 움직였다.

겨우 처지를 깨달은 모양이었다.

“선생님, 저는 갔었습니다.”

“어디를?”

“그 놈…… 지주 놈의 집에…….”

“무얼?”

여는 눈물 나오려는 눈을 힘 있게 닫았다. 그리고 덥석 그의 벌써 식어가는 손을 잡았다. 잠시의 침묵이 계속되었다. 그의 사지에서는 무서운 경련이 끊임없이 일었다. 그것은 죽음의 경련이었다. 듣기 힘든 작은 소리가 또 그의 입에서 나왔다.

“선생님.”

“왜?”

“보고 싶어요. 전 보고 시…….”

“뭐이?”

그는 입을 움직였다. 그러나 말이 안 나왔다. 기운이 부족한 모양이었다. 잠시 뒤에 그는 또다시 입을 움직였다. 무슨 소리가 그의 입에서 나왔다.

“무얼?”

“보고 싶어요. 붉은 산이…… 그리고 흰옷이!”

아아, 죽음에 임하여 그는 고국과 동포가 생각난 것이었다. 여는 힘 있게 감았던 눈을 고즈넉이 떴다. 그때에 '삵'의 눈도 번쩍 뜨였다. 그는 손을 들려고 하였다. 그러나 이미 부러진 그의 손은 들리지 않았다. 그는 머리를 돌이키려 하였다. 그러나 그럴 힘이 없었다.

그는 마지막 힘을 혀끝에 모아 가지고 입을 열었다.

"선생님!"

"왜?"

"저것… 저것…….."

"무얼?"

"저기 붉은 산이… 그리고 흰옷이……. 선생님, 저게 뭐예요!"

여는 돌아보았다. 그러나 거기는 황막한 만주의 벌판이 전개되어 있을 뿐이었다.

"선생님, 노래를 불러 주세요. 마지막 소원… 노래를 해주세요. 동해물과 백두산이 마르고 닳도록……."

여는 머리를 끄덕이고 눈을 감았다. 그리고 입을 열었다. 여의 입에서도 창가가 흘러나왔다.

여는 고즈넉이 불렀다.

"동해물과 백두산이……."

고즈넉이 부르는 여의 창가 소리에 뒤에 둘러섰던 다른 사람의 입에서도 숭엄한 코러스는 울려 나왔다.

무궁화 삼천리

화려 강산…….

광막한 겨울의 만주벌 한 편 구석에서는 밥버러지 익호의 죽음을 조상하는 숭엄한 노래가 차차 크게 엄숙하게 울렸다. 그 가운데 익호의 몸은 점점 식어갔다.

✑ 작가 소개

김유정(1908~1937)

김유정은 1908년 1월 11일 강원도 춘천 실레마을에서 팔남매 중 일곱째로 태어났다. 부유한 집에서 태어났으나 어려서부터 몸이 허약하고 자주 횟배를 앓았다. 또한 말더듬이어서 교정을 통해 고친 뒤로 과묵한 성격이 되었다. 일찍 부모를 잃고 고향을 떠나 12세 때 서울 재동공립보통학교에 입학, 1929년에 휘문고등보통학교를 마치고 이듬해 연희전문학교 문과에 진학했으나 결석 때문에 중퇴하고 말았다. 1932년에는 고향 실레마을에 귀향하여 야학 금병의숙(錦屏義塾)을 세워 문맹퇴치운동을 벌였다.

1933년 다시 서울로 올라간 김유정은 고향의 이야기를 소설로 쓰기 시작한다. 1933년 처음으로 잡지 〈제일선〉에 「산골나그네」와 「신여성」에 「총각과 맹꽁이」를 발표한다. 이어 1935년 소설 「소낙비」가 〈조선일보〉 신춘문예 현상모집에 1등 당선되고, 「노다지」가 〈조선중앙일보〉에 가작 입선함으로써 떠오르는 신예작가로 문단에 올랐다.

그 뒤 후기 **구인회(九人會)**의 일원으로 김문집(金文輯), 이상(李箱) 등과 교분을 가지면서 **창작활동을 하였다. 그는 등단하던 해에 「금 따는 콩밭」, 「떡」, 「산골」, 「만무방」, 「봄봄」 등을 발표**하였고, 그 이듬해인 1936년에는 폐결핵과 치질이 악화되는 힘든 와중에도 「산골 나그네」, 「봄과 따라지」, 「동백꽃」 등을 발표하였으며, 1937년에는 「땡볕」, 「따라지」 등을 발표하였다. 김유정은 **우직하고 순박한 주인공들 그리고 사건의 의외적인 전개와 엉뚱한 반전, 매우 육담적(肉談的)인 속어, 비어의 구사 등 탁월한 언어감각으로 1930년대 한국소설의 독특한 영역을** 개척했다.

그는 불과 2년 남짓한 작가생활을 통해서 30편 내외의 단편과 1편의 미완성 장편, 그리고 1편의 번역소설을 남길 만큼 왕성한 창작을 하였다. 김유정은 등단 2년 만인 1937년 39세의 나이로 요절하였다. 그가 사망한 이 해에 사후 발표작으로 수필 「네가 봄이런가」, 단편소설 「정분」, 번역동화 「귀여운 소녀」, 번역 탐정소설 「잃어진 보석」 등이 차례로 발표되었다. 작품집으로는 1938년에 나온 『동백꽃』이 있고, 1968년에 『김유정전집』이 출간되었다.

✿ 작품 세계

김유정의 작품은 대부분 가난한 농촌이나 도시의 하층민들, 즉 소작인, 노동자, 여급, 들병이 들을 다뤄 경제적, 사회적으로 소외된 하층민, 즉 민중의 깊이 있는 삶을 정확히 표현하면서 식민지 치하의 농촌사회를 뛰어나게 표현하고 있다. 그러나 김유정의 소설속 세계는 암울한 세계는 아니다. 그의 소설에 등장하는 인물들은 하나같이 해학미를 유발시키는 어리석고 익살스러운 인물이며, 단순하고 우직한 바보들이다. 그러면서도 원초적인 순박성을 잃지 않는 촌놈들이기도 하다.

그의 문학세계는 냉철하고 이지적인 현실감각이나 비극적인 진지성보다는 따뜻하고 희극적인 인간미가 넘쳐 흐르는 게 특징이다. 우리 전통 마당극이나 탈춤, 판소리 등에서 만나는 어조와 해학적인 웃음처럼 우스운 말이나 행동을 통하여 대상의 결함을 웃음으로 승화시키고 있다.

또한 김유정 소설의 표현에서 가장 두드러진 특징은 사실적이면서 토속적인 느낌이 물씬 나는 고유한 언어 감각과 문체이다. 풍부한 토속어와 방언, 시골 농민들과 도시 하층민들의 구어체를 그대로 사용하여 작품의 사실적인 효과와 해학적 효과를 높이고 있다.

김유정의 소설은 그의 체험적 소재에 따라 크게 세 갈래로 나눌 수 있다. 그 하나는 고향 실레마을 사람들의 가난하고 무지하며 순박한 생활을 그린「봄봄」,「동백꽃」 등의 계열로서 그의 작가적 특징이 가장 잘 나타난 일면이다.

다음은 그의 금광 체험에서 얻어진 것으로, 민족항일기의 가난 속에서 일확천금의 꿈에 한가닥 희망을 걸고 사는 사람들의 생태를 그린「노다지」,「금 따는 콩밭」 등의 계열, 그리고 도시에서의 가난한 한 작가인 자신의 생활을 투영시킨「따라지」,「봄과 따라지」 등의 계열이 그것이다. 대표작품으로「소낙비」(1933),「산골 나그네」(1933),「만무방(1934)」,「노다지」(1935),「금 따는 콩밭」(1935),「봄봄」(1935),「동백꽃」(1936),「땡볕」(1937) 등이 있다.

🗍 줄거리

봉필이는 악랄하기로 유명한 마름이다. 그는 머슴 대신 데릴사위를 열이나 갈아치웠다가 재작년 가을에 맏딸을 시집보냈다. 점순이도 세 번째 데릴사위감을 들였다.

'나'는 그의 세 번째 데릴사위이다. 나는 데릴사위감으로 봉필이 집에서 사경 한푼 안받고 일한지 벌써 삼 년하고 일곱 달이 되었다. 작년에 내가 사날 누워 있자 장인님은 울상이 되어 결혼시켜 준다고 나를 달랜 일이 있다. 그러나 기한을 정하지 않고 점순이가 자라면 성례를 하기로 한 애초의 계약 때문에 달리 방법이 없었던 것이다.

어제 화전밭을 갈 때 점순이가 밤낮 일만 할 것이냐고 핀잔을 주었다. 나는 장인님의 배만 불릴 것을 생각하니 화가 나서 배가 아프다고 핑계를 대고 논둑으로 올라간다. 논 가운데서 이상한 눈초리로 노려보던 장인은 화가 나서 논둑으로 오르더니 내 멱을 움켜잡고 뺨을 친다. 장인은 내게 큰소리를 칠 계제가 못되어 한 대만 때려놓고 어찌할 바를 모른다. 나는 장인이 될 봉필이를 구장댁으로 끌고 간다. 구장님은 당사자가 혼인하고 싶다는데 빨리 성례를 시켜주라고 한다. 봉필씨는 점순이가 덜 컸다는 핑계를 또 한 번 내세운다.

이틀 뒤에 점순이는 구장댁에 갔다가 그냥 오는 법이 어디 있느냐면서 얼굴이 빨개져서 안으로 들어간다. 나는 아내 될 점순이가 명신이라고 하자 어떻게든지 결판을 내야겠다고 생각한다. 일터로 나가려다 말고 나는 바깥마당 공석 위에 드러누워 시위를 한다. 장인은 징역을 보내겠다고 겁을 주나 징역가는 것이 병신이라는 말보다 낫다고 생각한 나는 말대꾸만 한다. 화가 난 장인은 지게 막대기로 배를 찌르고 발길로 옆구리를 차고 볼기짝을 후려 갈긴다. 나는 점순이가 보고 있음을 의식하고 벌떡 일어나서 수염을 잡아 채고 싸우기 시작한다. 장인은 사타구니를 잡힌 채 점순이를 부른다.

⌕ 작품 분석

김유정 소설에는 1930년대 식민지 농촌 사회의 무지와 궁핍을 비판적으로 묘사하는 풍자성이 나타난다. 그의 풍자는 날카로운 감각성에 의존한 풍자가 아니라, 토속성을 포함하여 우회적인 풍자의 방법을 이용하여 식민지 농촌 사회의 피폐상과 무지를 꼬집는다.

특히 「봄봄」은 김유정의 대표작 중 하나로 한국 농촌을 무대로 당시 농민의 삶이 어떤 모습과 문제점을 지니고 있었는지를 생생하게 보여 준다. 또한 마름과 소작인의 관계를 통하여 농촌 사회의 구조적 모순을 보여주고 있다.

작품 구조의 가장 중요한 요소는 '나'와 장인의 갈등이다. 주인공 '나'는 우직한 인물이지만 어리석을 정도로 순박한 그의 기질이 해학적으로 묘사되어 있어, 탐욕스럽고 교활한 장인의 삶과 은연중 대비된다. '나'의 어리숙하고 익살스러운 행동과 말투가 토속적 분위기에 맞게 구사되면서 구수하고 정감어린 해학미를 조성한다.

'나'는 우직하고 유순한 성격 탓에 갈등을 표면화시키기를 꺼려한다. 그 갈등을 표면화시키는 원인이 되는 인물은 점순이다. 결혼을 시켜주지 않고 무보수로 노동력을 착취하는 장인은 점순이와 '나'의 결혼을 계속 미룬다. 결국 두 사람의 갈등은 싸움으로 이어지는데, 두 사람의 싸움은 뛰어난 해학적 기교로 그려져 있어 웃음을 자아낸다.

김유정의 「봄봄」의 해학은 비판 없이 주인공의 바보스러운 행동만으로 웃음을 일으킨다. 물론 '나'와 장인 사이에도 갈등과 상호 공격이 존재하지만 이들 사이의 갈등은 어느 한 쪽에 작가의 예리한 비판이 가해짐으로써 풍자를 유발하는 것이 아니라 인물들의 대립을 웃음 속에서 화해시키는 해학성을 드러낸다. 이는 궁극적으로 작가가 등장 인물들이 지닌 인간적 미덕에 애정과 동정을 갖고 있기에 가능한 것이다.

⌖ 작품 개요

출전 : 〈조광〉 (1935년).
구성 : 순행적 구성.
시점 : 1인칭 주인공 시점.
주제 : 교활한 장인과 어리숙한 데릴사위 사이의 성례를 둘러싼 해학적 갈등.
표현의 성격 : 사실주의, 인도주의.

나 : 우직하고 순박하며 성실, 부지런하나 남의 말에 쉽게 넘어가는 단순한 성격.
장인 : 땅 주인인 마름으로서 '나'를 무상으로 부려먹는 탐욕스럽고 교활한 인물.
점순이 : 겉으로는 얌전해 보이나 속으로는 '나'를 좋아하여 아버지에게 결혼을 조르라고 부추기는 야무진 성격.

☉ 시간과 공간

시간 : 1930년대 봄.
공간 : 강원도 어느 산골 마을.

봄봄

"장인님! 인젠 저……."

내가 이렇게 뒤통수를 긁고, 나이가 찼으니 성례[1] 를 시켜 줘야 하지 않겠느냐고 하면 대답이 늘,

"이 자식아! 성례구 뭐구 미처 자라야지!"

하고 만다.

이 자라야 한다는 것은 내가 아니라 장차 내 아내가 될 점순이의 키 말이다.

내가 여기에 와서 돈 한 푼 안 받고 일하기를 삼 년하고 꼬박 일곱 달 동안을 했다. 그런데도 미처 못 자랐다니까 이 키는 언제야 자라는 겐지 짜장[2] 영문 모른다. 일을 좀더 잘해야 한다든지, 혹은 밥을(많이 먹는다고 노상 걱정이니까) 좀 덜 먹어야 한다든지 하면 나도 얼마든지 할 말이 많다. 하지만 점순이가 아직 어리니까 더 자라야 한다는 여기에는 어째 볼 수 없이 그만 빙빙하고 만다.

이래서 나는 애초 계약이 잘못된 걸 알았다. 이태면 이태, 삼 년이면

---

1 성례(成禮) : 혼인의 예식을 지냄.
2 짜장 : 참. 과연. 틀림없이 정말로.

삼 년, 기한을 딱 작정하고 일을 했어야 할 것이다. 덮어놓고 딸이 자라
는 대로 성례를 시켜 주마했으니 누가 늘 지키고 섰는 것도 아니고, 그
키가 언제 자라는지 알 수 있는가. 그리고 난 사람의 키가 무럭무럭 자
라는 줄만 알았지 붙박이 키에 모로만 벌어지는 몸도 있는 것을 누가 알
았으랴. 때가 되면 장인님이 어련하랴 싶어서 군소리 없이 꾸벅꾸벅 일
만 해왔다. 그럼 말이다, 장인님이 제가 다 알아차려서,

"어참, 너 일 많이 했다. 고만 장가들어라."

하고 살림도 내주고 해야 나도 좋을 것이 아니냐. 시치미를 딱 떼고 도
리어 그런 소리가 나올까 봐서 지레 펄펄 뛰고 이 야단이다. 명색이 좋아
서 데릴사위지 일하기에 싱겁기도 할뿐더러 이건 참 아무것도 아니다.

숙맥[3]이 그걸 모르고 점순이의 키 자라기만 까맣게 기다리지 않았나.

언젠가는 하도 갑갑해서 자를 가지고 덤벼들어서 그 키를 한번 재볼
까 했다. 마는 우리의 장인님이 내외[4]를 해야 한다고 해서 마주 서 이야
기도 한마디 하는 법 없다. 우물길에서 언제나 마주칠 적이면 겨우 눈어
림[5]으로 재고 하는 것인데 그럴 적마다 나는 저만큼 가서,

"제에미, 키두!"

하고 논둑에다 침을 퉤 뱉는다. 아무리 잘 봐야 내 겨드랑(다른 사람
보다 좀 크긴 하지만) 밑에서 넘을락 말락 밤낮 요모양이다.

개 돼지는 푹푹 크는데 왜 이리도 사람은 안 크는지, 한동안 머리가
아프도록 궁리를 해 보았다. 아하, 물동이를 자꾸 이니까 뼈다귀가 움츠
러드나 보다, 하고 내가 넌짓 넌지시 그 물을 대신 길어도 주었다. 뿐만

---

3 숙맥(菽麥) : '숙맥불변'의 준말, 콩인지 보리인지를 구별하지 못한다는 뜻으로 '어리석고 못난 사람'을 비유
하여 이르는 말.
4 내외(內外) : 유교식 예절로 외간 남녀 간에 서로 얼굴을 마주 대하지 않고 피하는 일.
5 눈어림 : 눈대중, 크기나 수량을 눈으로 대강 어림잡아 헤아리는 일.

아니라 나무를 하리 가면 서낭당[6]에 돌을 올려놓고,

"점순이의 키 좀 크게 해 줍소사. 그러면 담엔 떡 갖다 놓고 고사드립죠니까."

하고 치성[7]도 한두 번 드린 것이 아니다. 어떻게 돼먹은 킨지 이래도 막무가내니……. 그래 내 어저께 싸운 것이지 결코 장인님이 밉다든가 해서가 아니다.

모를 붓다가 가만히 생각을 해 보니까 또 싱겁다. 이 벼가 자라서 점순이가 먹고 좀 큰다면 모르지만 그렇지도 못 한 걸 내 심어서 뭘 하는 거냐. 해마다 앞으로 축 불거지는 장인님의 아랫배(가 너무 먹는 걸 모르고 냉병이라나. 그 배)를 불리기 위하여 심곤 조금도 싶지 않다.

"아이구 배야!"

난 모를 붓다 말고 배를 쓰다듬으면서 그대루 논둑으로 기어올랐다.

그리고 겨드랑에 꼈던 벼 담긴 키를 그냥 땅바닥에 털썩 떨어치며 나도 털썩 주저앉았다. 일이 암만 바빠도 나 배 아프면 고만이니까. 아픈 사람이 누가 일을 하느냐. 파릇파릇 돋아 오른 풀 한 줌을 뜯어 들고 다리의 거머리를 쓱쓱 문지르며 장인님의 얼굴을 쳐다보았다.

논 가운데서 장인님도 이상한 눈을 해가지고 한참 날 노려보더니,

"너 이 자식, 왜 또 이래 응?"

"배가 좀 아파서유!"

하고 풀 위에 슬며시 쓰러지니까 장인님은 약이 올랐다. 저도 논에서 철벙철벙 둑으로 올라오더니 잡은 참 내 멱살을 움켜잡고 뺨을 치는 것이 아닌가.

"이 자식아, 일허다 말면 누굴 망해 놀 속셈이냐. 이 대가릴 까놀 자

---

6 서낭당 : 서낭신을 모신 당집.
7 치성(致誠) : 신이나 부처에게 정성을 드림.

봄봄_김유정

식?"

우리 장인님은 약이 오르면 이렇게 손버릇이 아주 못됐다. 또 사위에게 이 자식 저 자식 하는 이놈의 장인님은 어디 있느냐. 오죽해야 우리 동네에서 누굴 물론하고 그에게 욕을 안 먹는 사람은 명이 짧다 한다. 조그만 아이들까지도 그를 돌려 세워 놓고 욕필이(본 이름이 봉필이니까.) 욕필이, 하고 손가락질을 할 만치 두루 인심을 잃었다. 허나 인심을 정말 잃었다면 욕보다 읍의 배 참봉 댁 마름[8]으로 더 잃었다. 본디 마름이란 욕 잘하고 사람 잘 치고, 그리고 생김 생기길 호박개 같아야 쓰는 거지만 장인님은 외양이 똑 됐다. 장인이 닭마리나 좀 보내지 않는다든가 애벌논[9] 때 품을 좀 안 준다든가 하면, 그해 가을에는 영락없이 땅이 뚝뚝 떨어진다. 그러면 미리부터 돈도 먹고 술도 먹이고 안달재신[10]으로 돌아치던 놈이 그 땅을 슬쩍 돌려 안는다. 이 바람에 장인님 집 외양간에는 눈깔 커다란 황소 한 놈이 절로 엉금엉금 기어들고, 동네 사람들은 그 욕을 다 먹어 가면서도 그래도 굽실굽실 하는 게 아닌가.

그러나 내겐 장인님이 감히 큰소리 할 계제[11]가 못 된다.

뒷생각은 못하고 뺨 한 대를 딱 때려 놓고는 장인님은 무색해서 덤덤히 쓴 침만 삼킨다. 난 그 속을 퍽 잘 안다. 조금 있으면 갈도 꺾어야 하고 모도 내야하고, 한참 바쁜 때인데 나 일 안하고 우리 집으로 그냥 가면 그만이니까.

작년 이맘때도 트집을 좀 하니깐 늦잠 잔다구 돌멩이를 집어던져서 자는 놈의 발목을 삐게 해 났다. 사날씩이나 건성 끙끙 앓았더니 종당[12]

---

8 마름 : 지주의 위임을 받아 소작지를 관리하는 사람.
9 애벌논 : 애벌(첫번째) 맨 논.
10 안달재신 : 몹시 속을 태우며 여기저기로 다니는 사람.
11 계제(階梯) : 일이 되어 가는 순서.
12 종당(從當) : 일의 마지막.

에는 거반 울상이 되지 않았던가.

"애, 그만 일어나 일 좀 해라. 그래야 올 갈에 벼 잘 되면 너 장가들지 않니."

그래 귀가 번쩍 띄어서 그날로 일어나서 남의 이틀 품 들일 논을 혼자 삶아 놓으니까 장인님도 눈깔이 커다랗게 놀랐다. 그럼 정말로 가을에 와서 혼인을 시켜줘야 원 경우가 옳지 않겠나. 볏섬을 척척 들여쌓아도 다른 소리는 없고 물동이를 이고 들어오는 점순이를 담배통으로 가리키며,

"이 자식아, 미처 커야지. 조걸 무슨 혼인을 한다구 그러니 원!"

하고 남 낯짝만 붉게 해주고 그만이다. 골길에 그저 이놈의 장인님, 하고 댓돌[13]에다 메어꽂고 우리 고향으로 내뺄까 하다가 꾹꾹 참고 말았다.

참말이지 난 이 꼴 하고는 집으로 차마 못 간다. 장가를 들러 갔다가 오죽 못났어야 그대로 쫓겨 왔느냐고 손가락질을 받을 테니까…….

논둑에서 벌떡 일어나 한풀 죽은 장인님 앞으로 다가서며,

"난 갈 테야유. 그 동안 사경[14] 쳐 내슈."

"너 사위로 왔지, 어디 머슴 살러 왔니?"

"그러면 얼찐 성례를 해 줘야 안 하지유. 밤낮 부려만 먹구 해 준다, 해 준다…….

"글세, 내가 안 하는 거냐, 그년이 안 크니까."

하고, 어름어름 담배만 담으면서 늘 하는 소리를 또 늘어놓는다.

이렇게 따져 나가면 언제든지 늘 나만 밑지고 만다. 이번엔 안 된다, 하고 대뜸 구장님한테로 판단 가자고 소맷자락을 내끌었다.

---

13 댓돌 : 집채의 낙수 고랑 안쪽으로 조금 높게 돌려 가며 놓은 돌.
14 사경(私耕) : 본디말은 '새경'. 농가에서 일 년 동안 일해 준 대가로 주인이 머슴에게 주는 곡물이나 돈.

"아, 이 자식이 왜 이래, 어른을."

안 간다구 뻗디디고 이렇게 호령은 제맘 대로 하지만 장인님 제가 내 기운을 못 당한다. 막 부려먹고 딸은 안 주고, 게다 땅땅 치는 건 다 뭐야. 그러나 내 사실 참, 장인님이 미워서 그런 것은 아니다.

그 전날, 왜 내가 새 고개 맞은 봉우리 화전 밭을 혼자 갈고 있지 않았느냐. 밭 가생이로 돌 적마다 야릇한 꽃 내가 물컥물컥 코를 찌르고 머리위에서 벌들은 가끔 붕붕 소리를 친다. 바위틈에서 샘물 소리밖에 안 들리는 산골짜기니까 맑은 하늘의 봄볕은 이불 속같이 따스하고 꼭 꿈꾸는 것 같다. 나는 몸이 나른하고 몸살(병을 아직 모르지만)이 나려구 그러는지 가슴이 울렁울렁하고 이랬다.

"이러이! 말이! 맘 마 마……."

이렇게 노래를 하며 소를 부리면 여느 때 같으면 어깨가 으쓱으쓱한다. 웬일인지 밭을 반도 갈지 않아서 온몸이 맥이 풀리고 대고 짜증만 난다. 공연히 소만 들입다 두들기며,

"안야! 안야! 이 망할 자식의 소(장인님의 소니까.) 대리를 꺾어 줄라."

그러나 내 속은 정말 안야 때문이 아니라 점심을 이고 온 점순이의 키를 보고 울화가 났던 것이다.

점순이는 뭐 그리 썩 이쁜 계집애는 못 된다. 그렇다구 또 개떡이냐 하면 그런 것도 아니고, 꼭 내 아내가 돼야 할 만치 그저 툽툽하게 생긴 얼굴이다. 나보다 십 년이 아래니까 올해 열여섯인데 몸은 남보다 두 살이나 더 자랐다. 남은 잘도 훤칠히들 크건만 이건 위아래가 뭉툭한 것이 내 눈에는 하릴없이 감참외[15] 같다. 참외 중에서 감참외가 제일 맛좋고 이쁘니까 말이다. 둥글고 커다란 눈은 서글서글하니 좋고 좀 지쳐 찢어

---

15 감참외 : 참외의 종류 중 하나로 속이 익은 감빛 같다고 해서 감참외라고 함.

졌지만 입은 밥술이나 톡톡히 먹음직하니 좋다. 아따, 밥반 많이 먹게 되면 팔자는 고만 아니냐. 헌데 한 가지 파가 있다면 가끔 가다 몸이(장인님이 이걸 채신이 없이 들까분다고 하지만) 너무 빨리빨리 논다. 그래서 밥을 나르다가 때 없이 풀밭에다 깨박을 쳐서 흙투성이 밥을 곧잘 먹인다. 안 먹으면 무안해 할까 봐서 이걸 씹고 앉았노라면 으적으적 소리만 나고 돌을 먹는 겐지 밥을 먹는 겐지…….

그러나 이 날은 웬일인지 성한 밥채루 밭머리에 곱게 내려놓았다. 그리고 또 내외를 해야 하니까 저만큼 떨어져 이쪽으로 등을 향하고 웅크리고 앉아서 그릇 나기를 기다린다.

내가 다 먹고 물러섰을 때, 그릇을 와서 챙기는데 난 깜짝 놀라지 않았느냐, 고개를 푹 숙이고 밥함지에 그릇을 포개면서 날더러 들으라는지, 혹은 제 소린지,

"밤낮 일만 하다 말 텐가!"

하고 혼자서 쫑알거린다. 고대 잘 내외하다가 이게 무슨 소린가, 하고 난 정신이 얼떨떨했다. 그러면서도 한편 무슨 좋은 수가 없는가 싶어서 나도 공중을 대고 혼잣말로,

"그럼 어떡해?"

하니까,

"성례시켜 달라지 뭘 어떡해……."

하고 되알지게[16] 쏘아붙이고 얼굴이 빨개져서 산으로 그저 도망질친다.

나는 잠시 동안 어떻게 되는 심판인지 맥을 몰라서 그 뒷모양만 덤덤히 바라보았다.

---

16 되알지다 : 매우 힘차고 야무지다.

봄이 되면 온갖 초목이 물이 오르고 싹이 트고 한다. 사람도 아마 그런가보다, 하고 며칠 내에 부쩍(속으로) 자란 듯싶은 점순이가 여간 반가운 것이 아니다. 이런 걸 멀쩡하게 아직 어리다구 하니까…….

우리가 구장님을 찾아갔을 때 그는 싸리문 밖에 있는 돼지우리에서 죽을 퍼 주고 있었다. 서울엘 좀 갔다 오더니 사람은 점잖아야 한다구 윗수염이(얼른 보면 지붕 위에 앉은 제비 꼬랑지 같다.) 양쪽으로 뾰족이 뻗치고 그걸 에헴, 하고 늘 쓰다듬는 손버릇이 있다.

우리를 멀뚱히 쳐다보고 미리 알아챘는지,

"왜 일들 허다 말구 그래?"

하더니 손을 올려서 그 에헴을 한 번 후딱 했다.

"구장님! 우리 장인님과 츰에 계약하기를…….""

먼저 덤비는 장인님을 뒤로 떠다밀고 내가 허둥지둥 달려들다가 가만히 생각하고,

"아니, 우리 빙장[17]님과 츰에!"

하고 첫 번부터 다시 말을 고쳤다. 장인님은 빙장님, 해야 좋아하고 밖에 나와서 장인님, 하면 괜스레 골을 내려고 든다. 뱀두 뱀이래야 좋으냐구 창피스러우니 남 듣는 데는 제발 빙장님, 빙모님, 하라구 일상 당조짐[18]을 받아오면서 난 그것도 자꾸 잊는다. 당장도 장인님, 하다 옆에서 내 발등을 꾹 밟고 곁눈질을 흘기는 바람에야 겨우 알았지만…….

구장님도 내 이야기를 자세히 듣더니 퍽 딱한 모양이었다. 하기야 구장님뿐만 아니라 누구든지 다 그럴 게다. 길게 길러 둔 새끼손톱으로 코를 후벼서 저리 탁 튀기며, "그럼, 봉필 씨! 얼른 성례를 시켜 주구려. 그

---

17 빙장(聘丈) : 장인(丈人)의 높임말.
18 당조짐 : 정신을 차리도록 단단히 조지는 일.

렇게까지 제가 하구 싶다는 걸…….”

하고 내 짐작대로 말했다. 그러나 이 말에 장인님이 삿대질로 눈을 부라리고,

“아, 성례구 뭐구 계집애년이 미처 자라야 할 게 아닌가.”

하니까 그만 머쑤룩해서 입맛만 쩍쩍 다실 뿐이 아닌가.

“그것두 그래!”

“그래, 거진 사 년 동안에도 안 자랐다니 그 킨 은제 자라지유? 다 그만두구 사경 내슈…….”

“글쎄, 이 자식아! 내가 크질 말라구 그랬니, 왜 날 보구 떼냐?”

“빙모님은 참새만한 것이, 그럼 어떻게 앨 낳지유? (사실 장모님은 점순이보다 귀때기 하나 작다.)”

장인님은 이 말을 듣고 껄껄 웃더니 (그러나 암만 해도 돌 씹은 상이다.) 코를 푸는 척하고 날 은근히 곯리려고 팔꿈치로 옆 갈비께를 퍽 치는 것이다. 더럽다. 나두 종아리의 파리를 쫓는 척하고 허리를 구부리며 그 궁둥이를 꽉 떼밀었다. 장인님은 앞으로 후줄근하고 싸리문께로 쓰러질 듯하다 몸을 바로 고치더니 눈총을 몹시 쏘았다. 이런 쌍년의 자식, 하곤 싶으나 남의 앞이라서 차마 못 하고 섰는 그 꼴이 보기에 퍽 쟁그러웠다[19].

그러나 이 밖에는 별반 신통한 귀정[20]을 얻지 못하고 도로 논으로 돌아와서 모를 부었다. 왜냐면 장인님이 뭐라구 귓속말로 수군수군하고 간 뒤다. 구장님이 날 위해서 조용히 데리고 아래와 같이 일러주었기 때문이다. (뭉태의 말은 구장님이 장인님에게 땅 두 마지기 얻어 부치니까

---

19 쟁그랍다 : ‘징그럽다’의 작은말.
20 귀정 : 일의 결과.

그래 꾀었다고 하지만 난 그렇게 생각 않는다.)

"자네 말두 하기야 옳지. 암, 나이 찼으니까 아들이 급하다는 게 잘못된 말이 아니야. 하지만 농사가 한창 바쁜 때 일을 안 한다든가 집으로 달아난다든가 하면 손해죄루 그것두 징역을 가거든! (여기에 그만 정신이 번쩍 났다.) 왜 요전에 삼포말서 산에 불 좀 놓았다구 징역 간 거 못 봤나. 제 산에 불을 놓아도 징역을 가는 이땐데 남의 농사를 버려두니 죄가 얼마나 더 중한가. 그리고 자넨 정장[21]을 (사경 받으러 정장 가겠다 했다.) 간대지만 그러면 괜스레 죄를 들쓰고 들어가는 걸세. 또 결혼구 그렇지. 법률에 성년이란 게 있는데 스물하나가 돼야지 비로소 결혼을 할 수가 있는 걸세. 자넨 물론 아들이 늦을 걸 염(念)하지만 점순이루 말하면 이제 겨우 열여섯이 아닌가. 그렇지만 아까 빙장님의 말씀이 올 갈에는 열일을 제치고라두 성례를 시켜 주겠다 하시니 좀 고마울 겐가. 빨리 가서 모 붓던 거나 마저 붓게, 군소리 말구 어서 가."

그래서 오늘 아침까지 끽소리 없이 왔다.

장인님과 내가 싸운 것은 지금 생각하면 전혀 뜻밖의 일이라 안 할 수 없다. 장인님으로 말하면 요즈막에 작인들에게 행세를 좀 하고 싶다고 해서,

"돈 있으면 양반이지 별게 있느냐!"

하고 일부러 아랫배를 쑥 내밀고 걸음도 뒤틀리게 걷고 하는 이 판이다. 이까짓 나쯤 두들기다 남의 땅을 가지고 모처럼 닦아 놓았던 가문을 망친다든가 할 어른이 아니다. 또 나로 논지면[22] 아무쪼록 잘 뵈서 점순이에게 얼른 장가를 들어야 하지 않느냐.

---

21 정장 : 고소장을 내다.
22 논지면 : 이치를 따져 논하자면.

이렇게 말하자면 결국 어젯밤 뭉태네 집에 마슬[23]간 것이 썩 나빴다. 낮에 구장님 앞에서 장인님과 내가 싸운 것을 어떻게 알았는지 대고 빈 정거리는 것이 아닌가.

"그래 맞기두 그걸 가만 둬?"

"그럼 어떡허니?"

"임마, 봉필일 모판에다 거꾸로 박아 놓지 뭘 어떡해?"

하고 괜히 내 대신 화를 내가지고 주먹질을 하다 등잔까지 쳤다. 놈이 본시 괄괄은[24] 하지만 그래 놓고 날더러 석유 값을 물라구 막 지다위[25] 를 붓는다.

난 어안이 벙벙해서 잠자코 앉아 있으니까 저만 연방 지껄이는 소리 가,

"밤낮 일만 해 주구 있을 테냐?"

"영득이는 일 년을 살구두 장갈 들었는데, 넌 사 년이나 살구두 더 살 아야 해?"

"네가 세 번째 사윈 줄이나 아니? 세 번째 사위."

"남의 일이라두 분하다. 이 자식아, 우물에 가 빠져 죽어."

나중에는 겨우 손톱으로 목을 따라고까지 하고, 제 아들같이 함부로 훅닥[26]이었다. 별의별 소리를 다 해서 그대로 옮길 수는 없으나 그 줄 거리는 이렇다.

우리 장인님 딸이 셋이 있는데 맏딸은 재작년 가을에 시집을 갔다. 정 말은 시집을 간 것이 아니라 그 딸도 데릴사위를 해 가지고 있다가 내보

---

23 마슬 : 놀러가는 일.
24 괄괄하다 : 성질이 호탕하면서 드세고 급하다.
25 지다위 : 남에게 기대거나 떼를 씀.
26 훅닥이다 : 공연한 말로 꼴사납게 지껄이다. 또는, 세차게 다그치고 들볶다.

냈다. 그런데 딸이 열 살 때부터 열아홉, 즉 십 년 동안에 데릴사위를 갈아들이기를, 동네에선 사위 부자라고 이름이 났지마는 열 놈이란 참 너무 많다. 장인님이 아들은 없고 딸만 있는고로 그 담 딸을 데릴사위를 해 올 때까지 부려먹지 않으면 안 된다. 물론 머슴을 두면 좋지만 그건 돈이 드니까, 일 잘하는 놈을 고르느라고 연방 바꿔 들였다. 또 한편 놈들이 욕만 줄창 퍼붓고 심히도 부려먹으니까 밸이 상해서 달아나기도 했겠지. 점순이는 둘째 딸인데 내가 일테면 그 세 번째 데릴사위로 들어온 셈이다. 내 담으로 네 번째 놈이 들어올 것을, 내가 일도 잘하고 그리고 사람이 좀 어수룩하니까 장인님이 잔뜩 붙들고 놓질 않는다. 셋째 딸이 인제 여섯 살, 적어두 열 살은 돼야 데릴사위를 할 테므로 그 동안은 죽도록 부려먹어야 한다. 그러니 인제는 속 좀 차리고 장가를 들여 달라구 떼를 쓰고 나자빠져라, 이것이다.

나는 건으로 엉, 엉 하며 귓등으로 들었다. 뭉태는 땅을 얻어 치다가 떨어진 뒤로는 장인님만 보면 공연히 못 먹어서 으르렁거린다. 그것도 장인님이 저 달라고 할 적에 제 집에서 위한다는 그 감투(예전에 원님이 쓰던 것이라나, 옆구리에 뽕뽕 좀먹은 걸레)를 선뜻 주었더면 그럴 리도 없었던 걸…….

그러나 나는 뭉태란 놈의 말을 전수히 곧이듣지 않았다. 꼭 곧이들었다면 간밤에 와서 장인님과 싸웠지 무사히 있었을 리가 없지 않는가. 그러면 딸에게까지 인심을 잃은 장인님이 혼자 나빴다.

실토이지 나는 점순이가 아침상을 가지고 나올 때까지는 오늘은 또 얼마나 밥을 담았나, 하고 이것만 생각했다. 상에는 된장찌개하고 간장 한 종지, 조밥 한 그릇, 그리고 밥보다 더 수북하게 담은 산나물이 한 대접, 이렇다. 나물은 점순이가 틈틈이 해오니까 두 대접이고 네 대접이고 멋대로 먹어도 좋으나 밥은 장인님이 한 사발 외엔 더 주지 말라고 해서

안 된다. 그런데 섬순이가 그 상을 내 앞에 내려놓으며 제 말로 지껄이
는 소리가,

"구장님한테 갔다 그냥 온담 그래!"

하고 엊그제 산에서와 같이 되우 좋알거린다. 딴은 내가 더 단단히 덤
비지 않고 만 것이 좀 어리석었다, 속으로 그랬다. 나도 저쪽 벽을 향하
여 외면하면서 내 말로,

"안 된다는 걸 그럼 어떡헌담!"

하니까

"쇰[27]을 잡아채지 그냥 둬, 이 바보야!"

하고 또 얼굴이 빨개지면서 성을 내며 안으로 샐쭉하니 튀들어가지
않느냐. 이때 아무도 본 사람이 없었게 망정이지 보았다면 내 얼굴이 에
미 잃은 황새 새끼처럼 가엾다 했을 것이다.

사실 이때만치 슬펐던 일이 또 있었는지 모른다. 다른 사람은 암만 못
생겼다 해두 괜찮지만 내 아내 될 점순이가 병신으로 본다면 참 신세는
따분하다. 밥을 먹은 뒤 지게를 지고 일터로 가려 하다 도로 벗어던지고
바깥마당 공석 위에 드러누워서 나는 차라리 죽느니만 같지 못하다 생
각했다.

내가 일 안 하면 장인님 저는 나이가 먹어 못 하고 결국 농사 못 짓고
만다. 뒷짐으로 트림을 꿀꺽 하고 대문 밖으로 나오다 날 보고서,

"이 자식아, 너 왜 또 이러니."

"관격[28]이 났어유. 아이구, 배야!"

"기껏 밥 처먹구 나서 무슨 관격이야. 남의 농사 버려주면, 이 자식아,

---

27 쇰 : '수염'의 사투리.
28 관격 : 급하게 체한 것을 말하는 것.

징역 간다 봐라!"

"가두 좋아유. 아이구 배야!"

참말 난 일 안 해서 징역 가도 좋다 생각했다. 일후 아들을 낳아도 그 앞에서 바보, 바보, 이렇게 별명을 들을 테니까 오늘은 열 쪽이 난대도 결정을 내고 싶었다.

장인님이 일어나라고 해도 내가 안 일어나니까 눈에 독이 올라서 저편으로 힝하게 가더니 지게 작대기를 들고 왔다. 그리고 그걸로 내 허리를 마치 돌 떠넘기듯이 쿡 찍어서 넘기고 넘기고 했다. 밥을 잔뜩 먹어 딱딱한 배가 그럴 적마다 퉁겨지면서 밸창이 꼿꼿한 것이 여간 켕기지 않았다. 그래도 안 일어나니까 이번에는 배를 지게 작대기로 위에서 쿡쿡 찌르고 발길로 옆구리를 차고 했다. 장인님은 원체 심술이 궂어서 그러지만, 나도 저만 못하지 않게 배를 채였다. 아픈 것을 눈을 꽉 감고, 넌 해라, 난 재밌단 듯이 있었으나 볼기짝을 후려갈길 적에는 나도 모르는 결에 벌떡 일어나서 그 수염을 잡아챘다. 마는 내 골이 난 것이 아니라 정말로 아까부터 벽 뒤 울타리 구멍으로 점순이가 우리들의 꼴을 몰래 엿보고 있었기 때문이다.

가뜩이나 말 한마디 톡톡히 못 한다고 바라보는데 매까지 잠자코 맞는 걸 보면 짜장 바보로 알 게 아닌가. 또 점순이도 미워하는 이까짓 놈의 장인님하곤 아무것도 안 되니까 막 때려도 좋지만 사정 보아서 수염만 채고(제 원대로 했으니까 이때 점순이는 퍽 기뻤겠지.) 저기까지 잘 들리도록,

"이걸 까셀라부다[29]!"

하고 소리를 쳤다.

---

[29] 까셀라부다 : 까실르다는 말. 그슬리다의 방언.

장인님은 너 약이 바짝 올라서 잡은 참 지게 작대기로 내 어깨를 그냥 내려 갈겼다. 정신이 다 아찔하다. 다시 고개를 들었을 때 그때엔 나도 온몸에 약이 올랐다. 이 녀석의 장인님을, 하고 눈에서 불이 퍽 나서 그 아래 밭 있는 낭 아래로 그대로 떠밀어 굴려 버렸다.

조금 있다가 장인님이 씩씩 하고 한번 해보려고 기어오르는 걸 얼른 또 떠밀어 굴려 버렸다. 기어오르면 굴리고 굴리면 기어오르고 이러길 한 네댓 번을 하며 그럴 적마다,

"부려만 먹구 왜 성례 안 하지유!"

나는 이렇게 호령했다. 허지만 장인님이 선뜻 오냐, 낼이라두 성례 시켜 주마했으면 나도 성가신 걸 그만 두었을지 모른다. 나야 이러면 때린 건 아니니까 나중에 장인 쳤다는 누명도 안 들을 터이고 얼마든지 해도 좋다. 한번은 장인님이 헐떡헐떡 기어서 올라오더니 내 바짓가랑이를 요렇게 노리고서 단박 움켜잡고 매달렸다. 악, 소리를 치고 나는 그만 세상이 다 팽그르 도는 것이,

"빙장님! 빙장님! 빙장님!"

"이 자식! 잡아먹어라, 잡아먹어!"

"아! 아! 할아버지! 살려 줍소, 할아버지!"

하고 두 팔을 허둥지둥 내질 적에 이마에 진땀이 쭉 내솟고 이젠 참으로 죽나 보다 했다. 그래도 장인님은 놓질 않더니 내가 기어이 땅바닥에 쓰러져서 거진 까무러치게 되니깐 놓는다. 더럽다, 더럽다. 이게 장인님 인가. 나는 한참을 못 일어나고 쩔쩔맸다. 그러나 얼굴을 드니(눈에 참 아무것도 보이지 않았다.) 사지가 부르르 떨리면서 나도 엉금엉금 기어 가 장인님의 바짓가랑이를 꽉 움키고 잡아낚았다.

내가 머리가 터지도록 매를 얻어맞은 것이 이 때문이다. 그러나 여기 가 또한 우리 장인님이 유달리 착한 곳이다. 여느 사람이면 사경을 주어

서라도 당장 내쫓았지 터진 머리를 불솜[30]으로 손수 지켜 주고, 호주머니에 희연[31] 한 봉을 넣어 주고 그리고,

"올 갈엔 꼭 성례를 시켜 주마. 암말 말구 가서 뒷골의 콩밭이나 얼른 갈아라."

하고 등을 두드려 줄 사람이 누구냐. 나는 장인님이 너무나 고마워서 어느덧 눈물까지 났다. 점순이를 남기고 인젠 내쫓기려니 하다 뜻밖의 말을 듣고,

"빙장님! 인제 다시는 안 그러겠어유!"

이렇게 맹세를 하며 부랴사랴 지게를 지고 일터로 갔다. 그러나 이때는 그걸 모르고 장인님을 원수로만 여겨서 잔뜩 잡아당겼다.

"아! 아! 이놈아! 놔라, 놔."

장인님은 헛손질을 하며 솔개미[32]에 챈 닭의 소리를 연해 질렀다. 놓긴 왜, 이왕이면 호되게 혼을 내주리라, 생각하고 짓궂이 더 당겼다. 마는 장인님이 땅에 쓰러져서 눈에 눈물이 피잉 도는 것을 알고 좀 겁도 났다.

"할아버지! 놔라, 놔, 놔, 놔, 놔라."

그래도 안 되니까

"애, 점순아! 점순아!"

이 악장에 안에 있었던 장모님과 점순이가 헐레벌떡 하고 단숨에 뛰어나왔다.

나의 생각에 장모님은 제 남편이니까 역성을 할는지도 모른다. 그러나 점순이는 내 편을 들어서 속으로 고소해 하겠지……

---

30 불솜 : 상처를 소독하기 위하여 불을 붙인 솜방망이.
31 희연 : 옛날 담배 이름.
32 솔개미 : 솔개.

　대체 이거 웬 속인지(지금까지도 난 영문을 모른다.) 아버질 혼내 주
기는 제가 내래놓고 이제 와서는 달려들며,

"에그머니! 이 망할 게 아버지 죽이네!"

　하고 내 귀를 뒤로 잡아 기며 마냥 우는 것이 아니냐. 그만 여기에 기
운이 탁 꺾이어 나는 얼빠진 등신이 되고 말았다. 장모님도 덤벼들어 한
쪽 귀마저 뒤로 잡아채면서 또 우는 것이다.

　이렇게 꼼짝도 못하게 해놓고 장인님은 지게 작대기를 들어서 사뭇
내려 조졌다. 그러나 나는 구태여 피하려지도 않고 암만해도 그 속 알
수 없는 점순이의 얼굴만 멀거니 들여다보았다.

"이 자식! 장인 입에서 할아버지 소리가 나오도록 해?"

봄봄_김유정

동백꽃

김유정

▢ 줄거리

　　소작인의 아들인 '나'는 어느 봄날, 나무를 하려고 나오다가 우리 집 수탉이 마름네 수탉에게 사정없이 쪼이고 있는 광경을 목격한다. 마름의 딸인 점순이가 우리 집 닭장에서 닭을 잡아다가 싸움을 붙인 것이다. 나는 작대기를 들고 헛매 질을 하여 떼어 놓았다.

　　며칠 전 그녀가 구운 감자를 주는 것을 받지 않고 거절한 뒤부터 겪게 된 일이었다. 점순이는 울타리 엮는 내 등뒤로 와서 더운 김이 홱 끼치는 감자를 내밀었다. 나는 그녀의 손을 밀어 버렸다. 이상한 낌새에 뒤를 돌아본 나는, 쌔근쌔근 하고 독이 오른 그녀가 나를 쳐다보다가 나중에는 눈물까지 흘리는 것을 보고 깜짝 놀랐다. 다음날 점순이는 자기 집 봉당에 홀로 걸터앉아 우리 집 씨암탉을 붙들어 놓고 때리고 있었다. 점순이는 사람들이 없으면 수탉을 몰고 와서 우리 집 수탉과 싸움을 붙였다. 나는 우리 집 닭에게 고추장을 먹이면서까지 싸움을 잘하도록 공력을 들이지만 우리 집 닭은 매일 당하기만 할 뿐이다.

　　그러던 어느 날, 나는 우리 집 수탉이 점순네 수탉에게 쪼여 죽을 지경에 놓인 것을 보고 화가 나서 점순네 닭을 때려죽이고 만다. 그러고 나서 마름인 점순네에게 땅을 뺏기고 쫓겨날 것이 겁이 나 그만 울음을 터뜨린다. 그러자 점순이는 나에게 닭죽은 것은 염려하지 말라며 다시는 자기에게 그러지 말라고 다짐을 준다. 나는 무엇을 그러지 말라는 것인지도 모르고 얼결에 그러겠다고 대답을 한다.

　　그 순간 무엇에 떠다 밀린 것처럼 점순이가 나의 어깨를 짚고 넘어지는 바람에 두 사람은 흐드러진 동백꽃 속으로 파묻힌다. 그러나 곧바로 점순이를 부르는 점순이 어머니의 목소리에 소스라치게 놀란 두 사람은 서로 산 위아래로 혼비백산하여 내뺀다.

○ 작품 분석

　　1936년 발표된 「동백꽃」은 **향토색 짙은 농촌을 배경으로 인생의 봄을 맞이하여 성장해 가는 충동적인 청춘 남녀의 애정을 해학적으로 그리고 있다. 특히, 여러 번의 닭싸움을 통하여 두 사람의 갈등 · 화해 관계가 이루어지는 심리적 전개가 소설적 재미를 더해 주며, 마름의 딸과 소작인의 아들이라는 신분적 차이를 웃음으로 처리하는 기법이 두드러진다.** 닭 싸움을 배경으로 사춘기 남녀의 미묘한 감정을 해학적으로 그려냈을 뿐 아니라 구수한 토착어를 사용하여 흙냄새 물씬 나는 향토적 서정을 느끼게 하고 있다.

　　이 작품에서 점순은 마름집 딸로, 화자는 소작농으로 설정되어 있다. 그러나 이들 사이에, 계층의 차이에서 오는 갈등은 거의 드러나지 않는다. 드러나는 부분은 '그렇잖아도 저희는 마름이고 우리는 그 손에서 배재를 얻어 땅을 부치므로 일상 굽신거린다.' 와 같은 화자의 말 정도가 고작이다.

　　이 작품의 사건 발단은 과거의 사건 속에서 시작된다. 가장 핵심을 이루고 있는 것은 닭싸움인데 첫 장면에서부터 닭싸움이 나온다. 닭싸움은 '나' 와 '점순이' 의 갈등의 표면화이면서 애증의 교차이기도 하다. 며칠 전 감자 사건으로 점순이의 비위를 건드린 것이 발단이 되어 오늘의 닭싸움이 생기게 되었다는 사건의 서술이 이어진다.

　　'나' 는 호의를 표시하는 점순의 행동을 올바로 이해하지 못한다. 일부러 감자를 숨겨 가지고 나와 전하는 점순에게, 이 계집애가 미쳤나라는 반응을 보이며, 무안을 당한 점순이 끈질기게 자신을 괴롭히는데도 이유를 전혀 짐작하지 못한다. 점순의 의도와 화자의 반응이 빗나가는 데서 이 소설의 독특한 재미가 생겨나고 있는 것이다.

✎ 작품 개요

출전 : 〈조광(照光)〉 (1936년).
구성 : 순행적.
시점 : 1인칭 주인공 시점.
주제 : 산골 젊은 남녀의 목가적인 사랑.
표현의 성격 : 향토적.

☞ 주요 인물 분석

나 : 소작인의 아들로 우직하고 순박한 청년. 점순의 구애를 이해 못하고 거절하나 결국 닭싸움을 계기로 그녀의 구애를 받아들인다.
점순 : 마름의 집 딸로 깜찍스럽고 조숙한 처녀. 적극적인 행위로 자기의 목적을 달성하는 개성적인 인물.

⏱ 시간과 공간

시간 : 어느 동백꽃 피는 봄 날.
공간 : 어느 시골 마을.

동백꽃

오늘도 또 우리 수탉이 막 쪼이었다. 내가 점심을 먹고 나무를 하러 갈 양으로 나올 때이었다. 산으로 올라서려니까 등 뒤에서 푸드득푸드득 하고 닭의 횃소리가 야단이다. 깜짝 놀라며 고개를 돌려 보니 아니나 다르랴, 두 놈이 또 얼리었다[1].

점순네 수탉은 (대강이가 크고 똑 오소리같이 실팍하게 생긴 놈)이 덩저리[2] 작은 우리 수탉을 함부로 해 내는 것이다. 그것도 그냥 해 내는 것이 아니라 푸드득 하고 면두[3]를 쪼고 물러섰다가 좀 사이를 두고 또 푸드득 하고 모자를 쪼았다. 이렇게 멋을 부려 가며 여지없이 닦아놓는다. 그러면 이 못생긴 것은 쪼일 적마다 주둥이로 땅을 받으며 그 비명이 킥, 킥 할 뿐이다. 물론 미처 아물지도 않은 면두를 또 쪼이어 붉은 선혈은 뚝뚝 떨어진다.

이걸 가만히 내려다보자니 내 대강이가 터져서 피가 흐르는 것같이 두 눈에서 불이 번쩍 난다. 대뜸 지게 작대기를 메고 달려들어 점순네 닭을

---

1 얼리었다 : 서로 얽히다.
2 덩저리 : 몸집의 속된 말로 물건의 부피를 이르는 말.
3 면두 : 볏의 사투리.

후려칠까 하다가 생각을 고쳐먹고 헛매질[4]로 떼어만 놓았다.

이번에도 점순이가 쌈을 붙여놨을 것이다. 바짝바짝 내 기를 올리느라고 그랬음에 틀림없을 것이다. 고놈의 계집애가 요새로 접어들어서 왜 나를 못 먹겠다고 고렇게 아르렁거리는지 모른다.

나흘 전 감자 전만 하더라도 나는 저에게 조금도 잘못한 것은 없다. 계집애가 나물을 캐러 가면 갔지 남 울타리 엮는 데 쌩이질[5]을 하는 것은 다 뭐냐. 그것도 발소리를 죽여 가지고 등 뒤로 살며시 와서,

"얘! 너 혼자만 일하니?"

하고 긴치 않은 수작을 하는 것이었다.

어제까지도 저와 나는 이야기도 잘 않고 서로 만나도 본체만체하고 이렇게 점잖게 지내던 터이련만 오늘로 갑작스레 대견해졌음은 웬일인가. 항차[6] 망아지만한 계집애가 남 일하는 놈 보구…….

"그럼 혼자 하지 떼루 하듸?"

내가 이렇게 내뱉는 소리를 하니까,

"너 일하기 좋니?"

또는,

"한여름이나 되거든 하지, 벌써 울타리를 하니?"

잔소리를 두루 늘어놓다가 남이 들을까 봐 손으로 입을 틀어막고는 그 속에서 깔깔댄다. 별로 우스울 것도 없는데 날씨가 풀리더니 이놈의 계집애가 미쳤나 하고 의심하였다. 게다가 조금 뒤에는 제 집게를 할끔할끔 돌아보더니 행주치마의 속으로 꼈던 바른손을 뽑아서 나의 턱밑으로 불쑥 내미는 것이다. 언제 구웠는지 아직도 더운 김이 홱 끼치는 굵은

감자 세 개가 손에 뿌듯이 쥐였다.

"느 집엔 이거 없지?"

하고 생색 있는 큰소리를 하고는 제가 준 것을 남이 알면 큰일 날 테니 여기서 얼른 먹어 버리란다. 그리고 또 하는 소리가,

"너 봄감자가 맛있단다."

"난 감자 안 먹는다. 너나 먹어라."

나는 고개도 돌리지 않고 일하던 손으로 그 감자를 도로 어깨 너머로 쑥 밀어 버렸다. 그랬더니 그래도 가는 기색이 없고, 뿐만 아니라 쌔근쌔근 하고 심상치 않게 숨소리가 점점 거칠어진다. 이건 또 뭐야 싶어서 그때 서야 비로소 돌아다보니 나는 참으로 놀랐다. 우리가 이 동리에 들어온 것은 근 삼 년째 되어 오지만 여지껏 가무잡잡한 점순이의 얼굴이 이렇 게까지 홍당무처럼 새빨개진 법이 없었다. 게다가 눈에 독을 올리고 한 참 나를 요렇게 쏘아보더니 나중에는 눈물까지 어리는 것이 아니냐. 그 리고 바구니를 다시 집어 들더니 이를 꼭 악물고는 엎어질 듯 자빠질 듯 논둑으로 휭하게 달아나는 것이다.

어쩌다 동리 어른이,

"너 얼른 시집가야지?"

하고 웃으면,

"염려 마셔유. 갈 때 되면 어련히 갈라구!"

이렇게 천연덕스리 받는 점순이었다. 본시 부끄럼을 타는 계집애도 아 니려니와 또한 분하다고 눈에 눈물을 보일 얼병이[7]도 아니다. 분하면 차 라리 나의 등어리를 바구니로 한 번 모지게 후려쌔리고 달아날지언정. 그런데 고약한 그 꼴을 하고 가더니 그 뒤로는 나를 보면 잡아먹으려고

---

7 얼병이 : 말이나 행동이 얼띤 사람.

동백꽃_김유정

기를 복복 쓰는 것이다. 설혹 주는 감자를 안 받아 먹은 것이 실례라 하면, 주면 그냥 주었지 '느 집엔 이거 없지.'는 다 뭐냐. 그렇잖아도 저희는 마름이고 우리는 그 손에서 배지를 얻어 땅을 부치므로 일상 굽실거린다. 우리가 이 마을에 처음 들어와 집이 없어서 곤란으로 지낼 제, 집터를 빌리고 그 위에 집을 또 짓도록 마련해 준 것도 점순네의 호의였다. 그리고 우리 어머니 아버지도 농사 때 양식이 딸리면 점순네한테 가서 부지런히 꾸어다 먹으면서 인품 그런 집은 다시없으리라고 침이 마르도록 칭찬하곤 하는 것이다. 그러면서도 열일곱씩이나 된 것들이 수군수군하고 붙어 다니면 동리의 소문이 사납다고 주의를 시켜준 것 또 어머니였다. 왜냐하면 내가 점순이하고 일을 저질렀다가는 점순네가 노할 것이고, 그러면 우리는 땅도 떨어지고 집도 내쫓기고 하지 않으면 안 되는 까닭이었다. 그런데 이놈의 계집애가 까닭 없이 기를 복복 쓰며 나를 말려 죽이려고 드는 것이다.

눈물을 흘리고 간 담날 저녁나절이었다. 나무를 한 짐 잔뜩 지고 산을 내려오려니까 어디서 닭이 죽는 소리를 친다. 이거 뉘 집에서 닭을 잡나, 하고 점순네 울 뒤로 돌아오다가 나는 그만 두 눈에 뚱그래졌다. 점순이가 저희 집 봉당[8]에 홀로 걸터앉았는데 이게 치마 앞에다 우리 씨암탉[9]을 꼭 붙들어 놓고는,

"이놈의 닭! 죽어라, 죽어라."

요롱게 암팡스레[10] 패 주는 것이 아닌가. 그것도 대가리나 치면 모른다마는 아주 알도 못 낳으라고 그 볼기짝께를 주먹을 콕콕 쥐어박는 것이다.

---

8 봉당(封堂) : 한옥에서 안방과 건넌방 사이의 마루를 놓을 자리에 흙바닥을 그대로 둔 곳.
9 씨암탉 : 씨를 받으려고 기르는 암탉.
10 암팡지다 : 당차고 강단이 있다.

나는 눈에 쌍심지가 오르고 사지가 부르르 떨렸으나 사방을 한번 휘둘러보고야 그제서 점순이 집에 아무도 없음을 알았다. 잡은 참 지게작대기를 들어 울타리의 중턱을 후려치며,

"이놈의 계집애! 남의 닭 알 못 낳으라구 그러니?"

하고, 소리를 빽 질렀다.

그러나 점순이는 조금도 놀라는 기색이 없이 그대로 의젓이 앉아서 제닭 가지고 하듯이 또 죽어라, 죽어라, 하고 패는 것이다. 이걸 보면 내가 산에서 내려올 때를 겨냥해 가지고 미리부터 닭을 잡아 가지고 있다가 너 보란 듯이 내 앞에서 쮀지르고[11]있음이 확실하다.

그러나 나는 그렇다고 남의 집에 뛰어 들어가 계집애하고 싸울 수도 없는 노릇이고 형편이 썩 불리함을 알았다. 그래 닭이 맞을 적마다 지게작대기로 울타리를 후려칠 수밖에 별도리가 없다. 왜냐하면 울타리를 치면 칠수록 울섶이 물러앉으며 빼대만 남기 때문이다. 허나 아무리 생각하여도 나만 밑지는 노릇이다.

"아, 이년아! 남의 닭 아주 죽일 터이냐?"

내가 도끼눈을 뜨고 다시 꽥 호령을 하니까 그제야 울타리께로 쪼르르 오더니 울 밖에 섰는 나의 머리를 겨누고 닭을 내팽개친다.

"에이, 더럽다! 더럽다!"

"더러운 걸 널더러 입때[12] 끼고 있으랬니? 망할 계집애년 같으니!"

하고, 나도 더럽단 듯이 울타리께를 힁하게 돌아내리며 약이 오를 대로 다 올랐다 라고 하는 것은 암탉이 풍기는 서슬에 나의 이마빼기에다 물찌똥을 찍 갈겼는데 그걸 본다면 알집만 터졌을 뿐 아니라 골병은 단단

---

11 쮀지르다 : '쥐어 지르다' 의 준말로 주먹으로 냅다 지르다는 뜻.
12 입때 : 여태. 입때껏.

동백꽃_김유정

히 든 듯싶다. 그리고 나의 등뒤를 향하여 나에게만 들릴 듯 말 듯한 음성으로,

"이 바보 녀석아!"

"얘! 너 배냇병신[13]이지?"

그만도 좋으려만,

"얘! 너 느 아버지가 고자라지?"

"뭐, 울 아버지가 그래 고자야?"

할 양으로 열벙거지[14]가 나서 고개를 홱 돌리어 바라봤더니 그때까지 울타리 위로 나와 있어야 할 점순이의 대가리가 어디를 갔는지 보이지를 않는다. 그러다 돌아서서 오자면 아까에 한 욕을 울 밖으로 또 퍼붓는 것이다. 욕을 이토록 먹어 가면서도 대거리[15] 한 마디 못하는 걸 생각하니 돌부리에 채이어 발톱 밑이 터지는 것도 모를 만치 분하고 급기야는 두눈에 눈물까지 불끈 내솟는다.

그러나 점순이의 침해[16]는 이것뿐이 아니다.

사람들이 없으면 틈틈이 제 집 수탉을 몰고 와서 우리 수탉과 쌈을 붙여 놓는다. 제 집 수탉은 썩 힘상궂게 생기고 쌈이라면 홰를 치는 고로 으레 이길 것을 알기 때문이다. 그래서 툭하면 우리 수탉이 면두며 눈깔이 피로 흐드르하게 되도록 해 놓는다. 어떤 때에는 우리 수탉이 나오지를 않으니까 요놈의 계집애가 모이를 쥐고 와서 꾀어내다가 쌈을 붙인다.

이렇게 되면 나도 다른 배차[17]를 차리지 않을 수 없었다. 하루는 우리 수탉을 붙들어 가지고 넌지시 장독께로 갔다. 쌈닭에게 고추장을 먹이면

병든 황소가 살모사를 먹고 용을 쓰는 것처럼 기운이 뻗친다 한다. 장독에서 고추장 한 접시를 떠서 닭 주둥아리께로 들이밀고 먹여 보았다. 닭도 고추장에 맛을 들였는지 거스르지 않고 거진 반 접시 턱이나 곧잘 먹는다.

그리고 먹고 금세는 용을 못 쓸 터이므로 얼마쯤 기운이 돌도록 홰 속에다 가두어 두었다.

밭에 두엄을 두어 짐 져내고 나서 쉴 참에 그 닭을 안고 밖으로 나왔다. 마침 밖에는 아무도 없고 점순이만 저희 울안에서 헌옷을 뜯는지 혹은 솜을 터는지 웅크리고 앉아서 일을 할 뿐이다.

나는 점순네 수탉이 노는 밭으로 가서 닭을 내려놓고 가만히 맥을 보았다. 두 닭은 여전히 얼리어 쌈을 하는데 처음에는 아무 보람이 없었다. 멋지게 쪼는 바람에 우리 닭은 또 피를 흘리고, 그러면서도 날갯죽지만 푸드득푸드득하고 올라 뛰고 할 뿐으로 제법 한번 쪼아보지도 못한다. 그러나 한번은 어쩐 일인지 용을 쓰고 펄쩍 뛰더니 발톱으로 눈을 하비고 내려오며 면두를 쪼았다. 큰 닭도 여기에는 놀랐는지 뒤로 멈씰하며 물러난다. 이 기회를 타서 작은 우리 수탉이 또 날쌔게 덤벼들어 다시 면두를 쪼니 그제서는 감때사나운[18] 그 대강이에서도 피가 흐르지 않을 수 없었다.

옳다 알았다, 고추장만 먹이면 되는구나, 하고 나는 속으로 아주 쟁그러워 죽겠다. 그때에는 뜻밖에 내가 닭쌈을 붙여놓는 데 놀라서 울 밖으로 내다보고 섰던 점순이도 입맛이 쓴지 눈살을 찌푸렸다. 나는 두 손으로 볼기짝을 두드리며 연방,

"잘 한다! 잘 한다!"

---

18 감때사나운 : 억세게 사나운.

동백꽃_김유정

하고, 신이 머리끝까지 뻗치었다.

그러나 얼마 되지 않아서 나는 넋이 풀리어 기둥같이 묵묵히 서 있게 되었다. 왜냐하면 큰 닭이 한 번 쪼인 앙갚음으로 호들갑스레 연거푸 쪼는 서슬[19]에 우리 수탉은 찔끔 못하고 막 곯는다. 이걸 보고 이번에는 점순이가 깔깔거리고 되도록 이쪽에서 많이 들으라고 웃는 것이다.

나는 보다 못하여 덤벼들어서 우리 수탉을 붙들어 가지고 도로 집으로 들어왔다. 고추장을 좀더 먹였더라면 좋았을 걸, 너무 급하게 쌈을 붙인 것이 퍽 후회가 난다. 장독께로 돌아와서 다시 턱밑에 고추장을 들이댔다. 흥분으로 말미암아 그런지 당최 먹질 않는다.

나는 하릴없이 닭을 반듯이 눕히고 그 입에다 궐련[20] 물부리[21]를 물리었다. 그리고 고추장 물을 타서 그 구멍으로 조금씩 들이부었다. 닭은 좀 괴로운지 킥킥 하고 재치기를 하는 모양이나 그러나 당장의 괴로움은 매일같이 피를 흘리는 데 댈 게 아니라 생각하였다.

그러나 한 두어 종지 가량 고추장 물을 먹이고 나서 나는 고만 풀이 죽었다. 싱싱하던 닭이 왜 그런지 고개를 살며시 뒤틀고는 손아귀에서 뻐드러지는 것이 아닌가. 아버지가 볼까 봐서 얼른 홰에다 감추어 두었더니 오늘 아침에서야 겨우 정신이 든 모양 같다.

그랬던 걸 이렇게 오다 보니까 또 쌈을 붙여 놓으니 이 망할 계집애가 필연 우리 집에 아무도 없는 틈을 타서 제가 들어와 홰에서 꺼내가지고 나간 것이 분명하다.

나는 다시 닭을 잡아다 가두고 염려는 스러우나 그렇다고 산으로 나무를 하러 가지 않을 수도 없는 형편이었다.

---

19 서슬 : 날카로운 기세.
20 궐련 : 얇은 종이로 가늘게 말아 놓은 담배.
21 물부리 : 궐련을 끼워 입에 물고 빠는 물건.

소나무 삭정이를 따며 가만히 생각해 보니 암만 해도 고년의 목쟁이[22]
를 돌려놓고 싶다. 이번에 내려가면 망할 년 등줄기를 한번 되게 후려치
겠다 하고 싱둥겅둥 나무를 지고는 부리나케 내려왔다.

거지반 집에 다 내려와서 나는 호드기[23] 소리를 듣고 발이 딱 멈추었다.
산기슭에 널려 있는 굵은 바윗돌 틈에 노란 동백꽃이 소보록하니 깔리
었다. 그 틈에 끼어 앉아서 점순이가 청승맞게스리 호드기를 불고 있는
것이다. 그보다 더 놀란 것은 그 앞에서 또 푸드득푸드득하고 들리는 닭
의 횃소리다. 필연코 요년이 나의 약을 올리느라고 또 닭을 집어내다가
내가 내려올 길목에다 쌈을 시켜 놓고 저는 그 앞에 앉아서 천연스레 호
드기를 불고 있음에 틀림없으리라.

나는 약이 오를 대로 다 올라서 두 눈에서 불과 함께 눈물이 퍽 쏟아졌
다. 나무지게도 벗어 놓을 새 없이 그대로 내동댕이치고는 지게 작대기
를 뻗치고 허둥지둥 달려들었다.

가까이 와 보니 과연 나의 짐작대로 우리 수탉이 피를 흘리고 거의 빈사
지경에 이르렀다. 닭도 닭이려니와 그러함에도 불구하고 눈 하나 깜짝
없이 고대로 앉아서 호드기만 부는 그 꼴에 더욱 치가 떨린다. 동리에서
도 소문이 났거니와 나도 한때는 걱실걱실[24]히 일 잘하고 얼굴 예쁜 계
집애인 줄 알았더니 시방 보니까 그 눈깔이 꼭 여우 새끼 같다.

나는 대뜸 달려들어서 나도 모르는 사이에 큰 수탉을 단매[25]로 때려 엎
었다. 닭은 푹 엎어진 채 다리 하나 꼼짝 못하고 그대로 죽어 버렸다. 그
리고 나는 멍하니 섰다가 점순이가 매섭게 눈을 흡뜨고 닥치는 바람에
뒤로 벌렁 나자빠졌다.

---

22 목쟁이 : '목'의 사투리.
23 호드기 : 물오른 버들가지의 통껍질이나 밀짚 토막 따위로 만든 피리.
24 걱실걱실 : 서글서글하고 활발한 모양.
25 단매 : 한 번에 가하는 강한 타격을 뜻하는 북한말.

"이놈아! 너 왜 남의 닭을 때려죽이니?"

"그럼 어때?"

하고 일어나다가,

"뭐, 이 자식아! 누 집 닭인데?"

하고, 복장을 떼미는 바람에 다시 벌렁 자빠졌다. 그리고 나서 가만히 생각하니 분하기도 하고 무안도 스럽고 또 한편 일을 저질렀으니 이젠 땅이 떨어지고 집도 내쫓기고 해야 될는지 모른다.

나는 비슬비슬 일어나며 소맷자락으로 눈을 가리고는 얼김에 엉, 하고 울음을 놓았다. 그러나 점순이가 앞으로 다가와서,

"그럼, 너 이 담부턴 안 그럴 테냐?"

하고 물을 때에야 비로소 살 길을 찾은 듯싶었다. 나는 눈물을 우선 씻고 뭘 안 그러는지 명색도 모르건만,

"그래!"

하고 무턱대고 대답하였다.

"요담부터 또 그래 봐라, 내 자꾸 못살게 굴 테니."

"그래 그래, 인젠 안 그럴 테야."

"닭 죽은 건 염려 마라. 내 안 이를 테니."

그리고 뭣에 떠다 밀렸는지 나의 어깨를 짚은 채 그대로 퍽 쓰러진다. 그 바람에 나의 몸뚱이도 겹쳐서 쓰러지면 한창 피어 퍼드러진 노란 동백꽃 속으로 푹 파묻혀 버렸다.

알싸한, 그리고 향긋한 그 냄새에 나는 땅이 꺼지는 듯이 온 정신이 고만 아찔하였다.

"너 말 마라?"

"그래!"

조금 있더니 요 아래서,

"점순아! 점순아! 이년이 바느질을 하다 말구 어딜 갔어!"

하고 어딜 갔다 온 듯싶은 그 어머니가 역정이 대단히 났다.

점순이가 겁을 잔뜩 집어먹고 꽃 밑을 살금살금 기어서 산 아래로 내려
간 다음 나는 바위를 끼고 엉금엉금 기어서 산 위로 치빼지 않을 수 없
었다.

만무방

김유정

📖 줄거리

　깊은 산골 어느 가을날, 전과 4범자요 만무방인 응칠이는 송이 파적이나 하고 있다, 남의 닭을 잡아 먹는다. 숲속을 빠져 나온 응칠은 성팔이를 만나 응오네의 논의 벼가 도둑 맞았다는 이야기를 듣고 성팔이를 의심해 본다.

　응칠도 5년 전에는 처자식이 있었던 성실한 농군이었으나 빚을 갚을 능력이 없어 야반도주(夜半逃走) 했던 것이다. 응칠은 동기간의 정이 그리워 응오를 찾아왔다. 착실한 모범 청년인 응오는 벼를 베지 않고 있다가 닷 말쯤 도적을 맞게된 것이다. 응칠의 동생 응오는 병을 앓아 반쯤 송장이 된 아내에게 먹일 약을 달이기도 하고 산치성을 올리려고 했다. 이에 극구 말렸으나 대꾸도 않고 반발만 한다. 응칠은 오늘 밤 도둑을 잡은 후 이곳을 뜨기로 결심한다.

　응칠은 도둑을 잡으러 산고랑 길을 오르다가 바위 굴속에서 노름판이 벌어져 잠시 낀다. 그리고 서낭당 앞 돌에 앉아 덜덜 떨며 도둑을 잡기 위해 잠복한다.

　이윽고 복면을 한 도적이 나타나자 응칠은 몽둥이로 허리께를 내리쳐 도둑을 잡는다. 복면을 벗겨보니 도둑은 동생 응오였다.

　눈물을 적시며 응칠은 황소를 훔치자고 동생을 달랬지만, 부질없다는 듯 형의 손을 뿌리치고 달아나는 동생을 보고 응칠은 대뜸 몽둥이질을 하여 쓰러뜨린 뒤 아우를 등에 업고 내려 온다.

🔍 작품 분석

「만무방」은 응칠과 응오 형제가 궁핍한 삶 가운데 상반된 길을 걸어온 이야기이다. '만무방'의 뜻은 예의나 염치 없이 막 행동하는 사람을 이르는 말. 여기서는 형 응칠을 의미하는 말로 쓰이고 있다.

전과 4범의 건달인 형 응칠은 절도에도 능한 노름꾼이며 사회적 윤리의 기준에 위배되는 만무방이다. 이와는 달리, 동생 응오는 모범적인 농군임에도 벼를 수확해 봤자 남는 것은 빚뿐이라는 절망감으로 벼 수확을 포기한다. 응오네 논의 벼가 도둑맞는데 범인을 잡고 보니 의외로 동생인 응오였다는 아이러니, 일 년 농사를 짓고 남는 것은 등줄기를 흐르는 식은땀뿐이라는 인식은 당시 소작농들의 상황을 잘 파악하고 있다.

인물들의 현실 개선의 의지는 긍정적인 방향이 아니라 부정적인 방향으로 제시된다. 그들은 절망적인 현실 앞에서 반사회적인 수단-도박, 절도 등에 의해 현실의 극복을 시도하지만 번번이 좌절되고 만다.

응오가 자신이 가꾼 벼를 자기가 도적질해야 하는 눈물겨운 상황에 놓이는 데 반하여 형 응칠은 반사회적인 인물이며 적극적 행동형이다. 모범적인 농군을 반사회적인 인물로 몰고 간 것은 그들이 살고 있는 시대적 상황에 기인하고 있음을 드러낸다. 이 같은 응칠의 행동은 왜곡된 사회에 대한 냉소주의를 보여주는 것이다.

✄ 작품 개요

출전 : 〈조선일보〉 (1935년).
구성 : 순행적 구성.
시점 : 작가 관찰자 시점.
주제 : 식민지 농촌 사회의 피해상.
표현의 성격 : 사실주의.

◉ 주요 인물 분석

응칠 : 가난에서 벗어나기 위해 도박과 절도로 일확천금(一攫千金)의 허황한 꿈을 꾸는 인물.
응오 : 진실하고 모범적인 소작농. 자신이 가꾼 벼를 자기가 도적질해야 하는 상황에서 고민함.
성팔, 기호, 용구, 머슴, 상투쟁이 : 도박으로 일확천금의 꿈을 꾸며 농촌을 떠나려는 소작농들.

⏱ 시간과 공간

시간 : 1930년대 가을.
공간 : 강원도 산골마을.

만무방

산골에 가을은 무르녹았다. 아름드리 노송은 빽빽이 늘어박혔다. 새
새이 끼인 도토리, 벚, 돌배, 갈잎들은 울긋불긋. 잔디를 적시며 맑은 샘
이 쫄쫄거린다. 산토끼 두 놈은 한가로이 마주앉아 그 물을 할짝거리고.
이따금 정신이 나는 듯 가랑잎은 부수수하고 떨린다. 산산한 산들바람.
귀여운 들국화는 그 품에 새뜩새뜩 넌든다. 흙내와 함께 향긋한 땅김이
코를 찌른다. 요놈은 싸리버섯, 요놈은 잎썩는 내, 또 요놈은 송이 아니,
가시덩쿨 속에 숨은 박하풀 냄새로군.

　웅칠이는 뒷짐을 딱 지고 어정어정 노닌다. 유유히 다리를 옮겨 놓으
며 이 나무 저 나무 사이로 호아든다. 코는 공중에서 벌렸다 오무렸다
연신 이러며 훅, 훅. 구붓한[1] 한 송목 밑에 이르자 그는 발을 멈춘다. 이
번에는 지면에 코를 얕이 갖다 대고 한바퀴 비잉, 나물 끼고 돌았다.

　"아하, 요놈이로군!"

　썩은 솔잎에 덮이어 흙이 봉곳이 돋아 올랐다.

　그는 손가락을 꾸짖으며 정성스리 살살 헤쳐 본다. 과연 귀여운 송이.

---

1 구붓하다 : 좀 굽은 듯하다.

망할 녀석, 조금만 더 나오지 그걸 뚝 따 들고 뒷짐을 지고 다시 어실렁 어실렁. 가끔 선하품은 터진다. 그럴 적마다 두 팔을 떡 벌리곤 먼 하늘을 바라보고 늘어지게도 기지개를 늘인다.

때는 한창 바쁠 추수 때이다. 농군치고 송이파적 나올 놈은 생겨 나도 않았으리라. 하나 그는 꼭 해야만 할 일이 없었다. 싶으면 하고 말면 말고 그저 그뿐. 그러함에도 먹을 것이 더러 있느냐면 있기는커녕 부쳐먹을[2] 농토조차 없는, 계집도 없고 집도 없고 자식도 없고 방은 있대야 남의 곁방이요 잠은 새우잠이요. 하지만 오늘 아침만 해도 한 친구가 찾아와 벼를 털 텐데 일 좀 와 해달라는 걸 마다하였다.

몇 푼 바람에 그까짓 걸 누가 하느냐. 보다는 송이가 좋았다. 왜냐하면 이 땅 삼천리 강산에 늘여놓인 곡식이 말짱 뉘 것이람. 먼저 먹는 놈이 임자 아니냐. 먹다 걸릴 만치 그토록 양식을 쌓아 두고 일이 다 무슨 난장맞을 일이람. 걸리지 않도록 먹을 궁리나 할 게지. 하기는 그도 한 세 번이나 걸려서 구메밥[3]으로 사관을 틀었다. 마는 결국 제 밥상 위에 올라 앉은 제 몫도 자칫하면 먹다 걸리긴 매일반.

올라갈수록 덤불은 우거졌다. 머루며 다래, 칡, 게다 이름 모를 잡초. 이것들이 위아래로 이리저리 서리어 좀체 길을 내지 않는다. 그는 잔디 길로만 돌았다. 넓적다리가 번죽이는 찢어진 고의자락을 아끼며 조심조심 사려 딛는다. 손에는 칡으로 엮어 든 일곱 개 송이. 늙은 소나무마다 가선 두리번거린다. 사냥개 모양으로 코로 쿡, 쿡, 내를 한다. 이것도 송이 같고 저것도 송이 같고. 어떤 게 알짜 송이인지 분간을 모른다. 토끼 똥이 소보록한 데 갈잎이 한 잎 뚝 떨어졌다. 그 잎을 살며시 들어 보니

송이 대구리가 불쑥 올라왔다. 매우 큰 송이인 듯. 그는 반색하여 그 앞에 무릎을 털썩 꿇었다. 그리고 그 위에 두 손을 내들며 열 손가락을 다 펴들었다. 가만 가만히 살살 흙을 헤쳐본다. 주먹만한 송이가 나타난다. 얘 이놈 크구나. 손바닥 위에 올려놓고는 한참 들여다보며 싱글벙글 한다. 우중충한 구석으로 바위는 벽같이 깎아질렀다. 그 중턱을 엎어 간 칡잎에서는 물이 쪼록쪼록 흘러내린다. 인삼이 썩어 내리는 약수라 한다. 그는 돌 위에 걸터앉으며 또 한번 하품을 하였다. 간밤 쓸데없는 노름에 밤을 팬 것이 몹시 나른하였다. 따사로운 햇살이 숲을 새어든다. 다람쥐가 솔방울을 떨어치며, 어여쁜 할미새는 앞에서 알씬거리고. 동리에서는 타작을 하느라고 와글거린다. 흥겨워 외치는 목성, 그걸 억누르고 공중에 응, 응, 진동하는 벼 터는 기계소리, 맞은편 산 속에서 어린 목동들의 노래는 처량히 울려 온다. 산 속에 묻힌 마을의 전경을 멀리 바라보다가 그는 눈을 찌긋하며 다시 한번 하품을 뽑는다. 이 웬놈의 하품일까. 생각해 보니 어제 저녁부터 여태껏 창자가 꿇림든[4] 것이다. 불현듯 송이꾸럼에서 그 중 크고 먹음직한 놈을 하나 뽑아 들었다.

　응칠이는 그 송이를 물에 써억써억 비벼서는 떡 벌어진 대구리부터 걸쌈스리[5] 덥석 물어 떼었다. 그리고 넓죽한 입이 움질움질 씹는다. 혀가 녹을 듯이 만질만질하고 향기로운 그 맛. 이렇게 훌륭한 놈을 입맛만 다시고 못 먹다니. 문득 옛 추억이 혀끝에 뱅뱅 돈다. 이 놈을 맛보는 것도 참 근자[6]의 일이다. 감불생심[7]이지 어디 냄새나 똑똑히 맡아 보리. 산 속으로 쏘다니다 백판 못 따기도 하려니와 더러 딴다는 놈은 행여 상할까

---

4 꿇다 : 밥을 굶다.
5 걸쌈스럽다 : 먹는 품이 푸짐하다.
6 근자 : 최근.
7 감불생심(敢不生心) : 감히 엄두를 내지 못함.

만무방_김유정

봐 손도 못 대게 하고 집에 내려다 묻고 묻고 하는 것이다. 그러나 요행히 한 꾸러미 차면 금시로 장에 가져다 판다. 이를 사흘씩 공들인 거로되 되면 사십 전, 못 받으면 이십오 전. 저녁거리를 기다리는 아내를 생각하며 좁쌀 서너 되를 손에 사들고 어두운 고개를 터덜터덜 올라오는 건 좋으나 이 신세를 뭬어 쓰나 하고 보면 심푸녕궂기가 짝이 없겠고 이까짓 걸 못 먹어 그래 홧김에 또 한 놈을 뽑아 들고 이번엔 물에 흙도 씻을 새 없이 그대로 텁석거린다. 그러나 다른 놈들도 별 수 없으렷다. 이 산골이 송이의 본고향이로되 아마 일 년에 한 개조차 먹는 놈이 드물리라.

"흠, 썩어진 두상들!"

그는 폭넓은 얼굴을 일그리며 남이나 들으란 듯이 이렇게 비웃는다. 썩었다 함은 데생겼다 모멸하는 그의 언투였다. 먹다 나머지 송이 꽁댕이를 바로 자랑스러이 입에다 치뜨리곤 트림을 섞어가며 우물거렸다.

송이 두 개가 들어가니 이제는 먹을 재미가 없다. 뭔가 좀 든든한 걸 먹었으면 좋겠는데. 떡, 국수, 말고기, 개고기, 돼지고기, 그렇지 않으면 쇠고기냐. 아따 궁한 판이니 아무거나 있으면 속중으로 여러 가질 먹으며 시름없이 앉았다. 그는 눈꼴이 슬그머니 돌아간다. 왠놈의 닭인지 암탉 한 마리가 조 아래 무덤 앞에서 뺑뺑 맨다. 골골거리며 감도는 걸 보매 아마 일자리를 보는 맥이라. 그는 돌에서 궁뎅이를 들었다. 낮은 하늘로 외면하여 못 본 척하고 닭을 향하여 저켠으로 멀찍이 돌아 내린다. 그러나 무덤까지 왔을 때 몸을 돌리며,

"후, 후, 후, 이자식이 어딜 가 후우."

두 팔을 벌리고 쫓아간다. 산꼭대기로 치모니 닭은 허둥지둥 갈길을 모른다. 요리 매낀 조리 매낀, 꼬꼬댁거리며 속만 태울 뿐. 그러나 바위 틈에 끼어 왁살스러운 그 주먹에 모가지가 둘로 나기에는 불과 몇 분 못 걸렸다.

그는 으슥한 숲속으로 찾아들었다. 닭의 껍질을 홀랑 까고서 두 다리를 들고 찢으니 배창이 옆구리로 꿰진다. 그놈을 긁어 뽑아서 껍질과 한데 뭉치어 흙에 묻어 버린다.

고기가 생기고 보니 연하여 나느니 막걸리 생각. 이걸 부글부글 끓여 놓고 한 사발 떡 곁들이면 똑 좋을 텐데 제기. 응칠이의 고기는 어디 떨어졌는지 술집까지 못 가는 고기였다. 아무러나 고기 먹고 술 먹고 거꾸론 못 먹느냐. 그는 닭의 가슴패기를 입에 들여대고 쭉 찢어 가며 먹기 시작한다. 쫄깃쫄깃한 놈이 제법 맛이 들었다. 가슴을 먹고 넓적다리, 볼기짝을 먹고 거반 반쯤을 다 해내고 나니 어쩐지 맛이 좀 적었다. 결국 음식이란 양념을 해야 하는군. 수풀속으로 그냥 설렁설렁 내려온다. 솔숲을 빠져 화전께로 내리려고 할 때 별안간 등 뒤에서,

"여보게, 저 응칠이 아닌가."

고개를 돌려 보니 대장간 하는 성팔이가 작달막한 체수에 들갑작거리며 고개를 넘어온다. 그런데 무슨 긴한 일이 있는지 부리나케 달려들더니,

"자네 응고개 논의 벼 없어진 거 아나?"

응칠이는 그만 가슴이 덜컥 내려앉았다. 이 바쁜 때 농군의 몸으로 응고개까지 애써 갈 놈도 없으려니와 또한 하필이면 절 보고 벼의 없어짐을 말하는 것이 여간 심상치 않은 일이 아니었다. 잡담 제외하고 응칠이는,

"자네 어째서 응고개까지 갔던가?" 하고 대담스리 그 눈을 쏘아보았다. 그러나 성팔이는 조금도 겁먹은 기색 없이,

"아 어쩌다 지났지 뭘 그려." 하며 도리어 얼레발[8]을 치고 덤비는 수작이다.

고얀 놈, 응칠이는 입때 다녀야 동무를 팔아 배를 채우는 그런 비열한 짓은 안 한다. 낯을 붉히자 눈에 불이 보이며,

---

8 얼레발 : '엉너리' 의 잘못, 남의 환심을 사려고 어벌쩡하게 서두르는 짓.

"어쩌다 지났다?"

　응칠이가 이 동리에 들어온 것은 어느덧 달이 넘었다. 인제는 물릴 때도 되었고, 좀 떠보고자 생각은 간절하나 아우의 일로 말미암아 망설거리는 중이었다. 그는 오라는 데는 없어도 갈 데는 많았다. 산으로 들로 해변으로 발부리 놓이는 곳이 즉 가는 곳이다.

　그러나 저물면은 그대로 쓰러진다. 남의 방앗간이고 헛간이고 혹은 강가, 시세장. 물론 수가 좋으면 괴때기 위에서 밤을 편히 잘 적도 있었다. 이렇게 하여 강원도 어수룩한 산골로 이리 넘고 저리 넘고 못 간 데 별로 없는 유람 겸 편답하였다.

　그는 한구석에 머물러 있음은 가슴이 답답할 만치 매우 괴로웠다. 그렇다고 응칠이는 본시 역마직성이냐 하면 그럴 것도 아니다. 그도 오 년 전에는 사랑하는 아내가 있었고 아들이 있었고 집도 있었고, 그때야 어딜 하루라도 집을 떨어져 보았으랴. 밤마다 아내와 마주 앉으면 어찌 하면 이 살림이 좀 늘어볼까 불어볼까 애간장을 태우며 갖은 궁리를 되하고 되하였다. 마는 별 뾰죽한 수는 없었다. 농사는 열심히 하는 것 같은데 알고 보면 남는 건 겨우 남의 빚뿐. 이러다 가는 결말엔 봉변을 면치 못할 것이다. 하루는 밤이 깊어서 코를 골며 자는 아내를 깨웠다. 밖에 나가 우리의 세간이 몇 개나 되는지 세어 보라 하였다. 그러고 저는 벼루에 먹을 갈아 찍어 들었다. 벽에 바른 신문지는 누렇게 끄을었다. 그 위에다 불러 주는 물목[9]대로 일일이 내려 적었다. 독이 세 개, 호미가 둘, 낫이 하나로부터 밥사발, 젓가락, 짚이 석 단까지 그 다음에는 제가 빚을 얻어온 데, 그 사람들의 이름을 쭉 젖어 놓았다. 금액은 제각기 그 아래다 달아 놓고. 그 옆으론 조금 사이를 떼어 역시 조선문으로 나의

---

9 물목 : 물품의 품목.

소유는 이것밖에 없노라. 나는 오십사 원을 갚을 길이 없으매 죄진 몸이라 도망하니 그대들은 아예 싸울 게 아니고 서로 의논하여 억울치 않도록 분배하여 가기 바라노라 하는 의미의 성명서를 벽에 남기자 안으로 문들을 걸어 닫고 울타리 밑구멍으로 세 식구가 빠져 나왔다.

이것이 응칠이가 팔자를 고치던 첫날이었다. 그들 부부는 돌아다니며 밥을 빌었다. 아내가 빌어다 남편에게, 남편이 빌어다 아내에게. 그러자 어느 날 밤 아내의 얼굴이 썩 슬픈 빛이었다. 눈보라는 살을 엔다. 다 쓰러져 가는 물방앗간 한 구석에서 섬을 두르고 어린애에게 젖을 먹이며 떨고 있더니 여보게유, 하고 고개를 돌린다. 왜, 하니까 그 말이, 이러다간 우리도 고생일뿐더러 첫째 언내를 잡겠수, 그러니 서루 갈립시다, 하는 것이다. 하긴 그럴법한 말이다. 쥐뿔도 없는 것들이 붙어 다닌댔자 별 수 없다. 그보담은 서로 갈리어 제맘대로 빌어먹는 것이 오히려 가뜬하리라. 그는 선뜻 응낙하였다. 아내의 말대로 개가[10]를 해가서 젖먹이나 잘 키우고 몸성히 있으면 혹 연분이 닿아 다시 만날지도 모르니깐 마지막으로 아내와 같이 땅바닥에서 나란히 누워 하룻밤을 새고 나서 날이 훤해지자 그는 툭툭 털고 일어섰다.

매팔자[11]란 응칠이의 팔자이겠다. 그는 버젓이 게트름으로 길을 걸어야 걸릴 것은 하나도 없다. 논 맬 걱정도, 호프 바칠 걱정도, 빚갚을 걱정, 아내 걱정, 또는 굶는 걱정도, 호동그라니 털고 나서니 팔자 중에는 아주 상팔자다. 먹고만 싶으면 도야지구, 닭이구, 개구 언제나 옆을 떠날 새 없겠지, 그리고 돈, 돈도

그러나 주재소는 그를 노려보았다. 툭하면 오라, 가라, 하는 데 학질[12]

---

10 개가 : 시집갔던 여자가 다시 결혼하는 일.
11 매팔자 : 하는 일 없이 놀기만 하면서도 살림살이 걱정이 없는 팔자.
12 학질 : 말라리아, 관용구로 괴로운 일이나 처지를 의미함.

만무방_김유정

이었다. 어느 동리고 가 있다가 불행히 일만 나면 누구보다도 그부터 붙들려 간다. 왜냐하면 그는 전과 사범이었다. 처음에는 도박으로, 다음엔 절도로, 또 그 담에는 절도로, 절도로 .

그러나 이번 멀리 아우를 방문함은 생활이 궁하여 근대러 왔다거나 혹은 일을 해 보러온 것은 결코 아니었다. 혈족이라곤 단 하나의 동생이요, 또한 오래 못 본지라 때없이 그리웠다. 그래 모처럼 찾아본 것이 뜻밖에 덜컥 하고 일을 만났다.

지금까지 논의 벼가 서 있다면 그것은 성한 사람의 것이라 안 할 것이다. 응오는 응고개 논의 벼를 여태 베지 않았다. 물론 응오가 베여야 할 것이다. 누가 듣든지 그 형 응칠이는 먼저 의심하리라. 그럼 여기에 따르는 모든 책임을 응칠이가 혼자지지 않으면 안 될 것이다. 응오는 진실한 농군이었다. 나이 서른 하나로 무던히 철났다 하고 동리에서 쳐 주는 모범 청년이었다. 그런데 벼를 베지 않는다. 남은 다들 거둬들였고 털기까지 하련만 그는 벨 생각조차 않는 것이다. 지주라든 혹은 그에게 장리[13]를 놓은 김 참판이든 뻔질나게 찾아와 벼를 베라 독촉하였다.

“얼른 털어서 낼 건 내야지.” 하면 그 대답은,

“계집이 다 죽게 됐는데 벼는 다 뭐지유우.” 하고 한결같이 내뱉는 소리뿐이었다.

하기는 응오의 아내가 지금 기지사경[14]이매 틈은 없었다 하더라도 돈이 놀라서 약을 못 쓰는 이 판이니 진시 벼라도 털어야 할 것이다.

그러면 왜 안 털었던가 그것은 작년 응오와 같이 지주 문전에서 타작을 하던 친구라면 묻지도 않으리라. 한 해 동안 애를 홀이면 홀자식 모

---

13 장리 : 봄에 꾸어 준 곡식에 대하여 가을에 그 절반을 이자로 쳐 받는 변리.
14 기지사경(幾至死境) : 거의 죽을 지경에 이름.

양으로 알뜰히 가꾸던 그 벼를 거둬 들임은 기쁨에 틀림없었다. 꼭두 새벽부터 엣, 엣, 하며 괴로움을 모른다. 그러나 캄캄하도록 털고 나서 지주에게 도지를 제하고, 장리쌀을 제하고, 색초를 제하고 보니 남은 것은 등줄기를 흐르는 식은 땀이 있을 따름. 그것은 슬프다 하기보다 끝없이 부끄러웠다. 같이 털어주던 친구들이 뻔히 보고 섰는데 빈 지게로 덜렁거리며 집으로 돌아오는 건 진정 열적기[15] 짝이 없는 노릇이었다. 참다 못해 응오는 눈에 눈물이 흘렀던 것이다. 가뜩한데 엎치고 덮치더라고 올해는 그나마 흉작이었다. 샛바람과 비에 벼는 깨깨 비틀렸다. 이놈을 가을하다간 먹을 게 남지 않음은 물론이요 빚도 다 못 가릴 모양. 에라, 빌어먹을 거 너들끼리 캐다 먹든 말든 마음대로 하여라, 하고 내던져 두지 않을 수 없다. 벼를 거뒀다고 말만 나면 빚쟁이들은 우우 몰려들 거니깐 응칠이의 죄목은 여기에서도 또렷이 드러난다. 국으로 가만만 있으면 좋은 걸 이 사품에 뛰어들어 지주의 뺨을 제법 갈긴 것이 응칠이었다. 처음에야 그럴 작정이 아니었다. 그는 여러 곳 물을 마신이만치 어지간히 속이 튄 건달이었다. 지주를 만나 까놓고 썩 좋은 소리로 의논하였다. 올 농사는 반실이니 도지도 좀 감해 주는 게 어떠냐고. 그러나 지주는 암말 없이 고개를 모로 흔들었다. 정 이러면 일 년 품은 빼야 할 테니 나는 그 논에다 불을 지르겠수, 하여도 잠자코 응치 않는다. 지주로 보면 자기로도 그 벼는 넉넉히 거둬들일 수는 있다. 마는 한번 버릇을 잘못 해놓으면 어느 작인까지 행실을 버릴까 염려하여 겉으로 독촉만 하고 있는 터이었다. 실상이야 고까짓 벼쯤 있어도 겉으로 독촉만 하고 있는 터이었다. 실상이야 고까짓 벼쯤 있어도 고만 없어도 고만, 그 심보를 눈치채고 응칠이는 화를 벌컥 낸 것만은 좋으나 저도 모르게 대뜸

주먹뺨이 들어갔던 것이다.

이렇게 문제 중에 있는 벼인데 귀신의 놀음 같은 변괴가 생겼다. 다시 말하면 벼가 없어졌다. 그것도 병들어 쓰러진 쭉정이는 제쳐놓고 무얼로 그랬는지 알장 이삭만 따갔다. 그 면적으로 어림하면 아마 못 돼도 한 댓 말 가량은 되는지!

응칠이가 아침 일찍이 그 논께로 노릴자 이걸 발견하고 기가 막혔다. 누굴 성가시게 굴려고 그러는지 산 속에 파묻힌 논이라 아직은 본 사람이 없는 모양 같다. 하나 동리에 이 소문이 퍼지기만 하면 저는 어느 모로든 혐의를 받아 폐는 좋이 입어야 될 것이다.

응칠이는 송이도 송이려니와 실상은 궁리에 빠졌다. 속중으로 지목갈 만한 놈은 여럿 들어 보았으나 이렇다 찍을 만한 증거가 없다. 어쩌면 재성이나 성팔이 이 두 놈 중의 짓이리라 하고 결국 이렇게 생각하는 것도 응칠이가 아니면 안 될 것이다.

원수는 외나무다리에서 만났다. 응칠이는 저의 생각이 들어맞음을 알고 당장에 일을 낼 듯이 성팔이의 눈을 들이노렸다. 성팔이는 신이 나서 떠들다가 그 눈총에 어이가 질려서 고만 벙벙하였다. 그리고 얼굴이 핼쑥하여 마주보고 쳐다보더니,

"그래, 자네 왜 크게 노하나, 지나다 보니깐 그렇길래 일테면 자네보구 얘기지 뭐." 하고 뒷감당을 못하여 우물쭈물한다.

"노하긴 누가 노해!"

응칠이는 뻐팅겼던 몸에 좀더 힘을 올리며,

"응고개를 어째 갔더냐 말이지."

"놀러 갔다 오는 길인데 우연히……."

"놀러 갔다, 거기가 노는 덴가?"

"글쎄, 그렇게까지 물을 게 뭔가. 난 응고개 아니라 서울은 못 갈 사람

인가." 하다가 성팔이는 속이 타는지 코로 후응하고 날숨을 크게 뽑는다.

이렇게 나오는 데는 더 물을 필요가 없었다. 성팔이란 놈도 여간 내기가 아니요 구장네 솥인가 뭔가 떼어다 먹고 한번 다녀온 놈이었다. 많이 사귀지는 못했으나 동리 평판이 그놈과 같이 다니다가는 엉뚱한 일 만난다 한다. 이번에 응칠이 저 역 그 섭수에 걸렸음을 알고,

"그야 응고개라고 못 갈 리 없을 테……." 하고 한번 엇먹다, 그러나 자네두 알다시피 거 어디야 거기 바로 길이 있다든지 사람 사는 동리라면 혹 모른다 하지마는 성한 사람이야 응고개에 뭘 먹으러 가나, 그렇지 자네야 심심하니까, 하고 앞을 꽉 눌러 등을 떠본다. 여기에는 대답 없고 성팔이는 덤덤히 쳐다본다. 무엇을 생각했는가 한참 있더니 호주머니에서 단풍갑을 꺼낸다. 우선 제가 한 개를 물고 또 하나를 뽑아 내대며,

"궐련 하나 피게."

매우 듬직한 낯을 해 보인다. 이놈이 이해 밝기가 몹시 밝은 성팔이다. 턱없이 휠련 하나라도 선심을 쓸 궐자[16]가 아니리라 생각은 하였으나 그렇다고 예까지 부르대는 건 도리어 저의 처지가 불리하다.

그것은 짜장 그 손에 넘는 짓이니,

"아 웬 궐련은 이래." 하고 슬쩍 농치며,

"성냥 있겠나?"

일부러 불까지 거대게 하였다. 응칠이에게 액을 떠넘기어 이용하려고 고 야심을 생각하면 곧 달겨들어 다리를 꺾어 놔야 옳을 것이다. 그러나 이 마당에 떠들어대고 보면 저는 드러누워 침뱉기.

결국 뒤로 잡지 앞에선 어른거리는 법이 아니다. 동리에 소문이 퍼질 것을 두려워하며,

---

16 궐자 : '그 사람'을 낮게 이르는 말.

"여보게, 자네가 했건 내가 했건만." 하고 과연 정다이 그 등을 툭 치고 나서,

"우리 둘만 알고 동리에 말은 내지 말게." 하다가 성팔이가 이 말에 매우 놀라며 눈을 말뚱말뚱 뜨니,

"그까짓 벼쯤 먹으면 어떤가!" 하고 껄껄 웃어 버린다. 성팔이는 한굽 접히어 말문이 메었는지 얼떨떨하여 입맛만 다신다.

"아예 말은 내지 말게, 응 알지." 하고 다시 다질 때에야 겨우 주저주저 입을 열어,

"내야 무슨 말을 내겠나." 하고 조금 사이를 떼어 놓고,

"내가 무슨 말을……그건 염려 말게." 하더니 비실비실 몸을 돌리어 저 갈 길을 내 걷는다. 그러나 저 앞 고개까지 가는 동안에 두 번이나 돌아다보며 이쪽을 살피고 하는 것만은 사실이다.

응칠이는 그 꼴을 이윽고 바라보고 입 안으로 죽일 놈, 하였다. 아무리 도적이라도 같은 동료에게 죄를 넘겨 씌우려 함은 도저히 의리가 아니다. 그건 그렇다 치고 응오가 더 딱하지 않은가. 기껏 힘들여 지어 놓았다 남 좋은 일 한 것을 안다면 눈이 뒤집힐 일이겠다.

이래서야 어디 이웃을 믿어 보겠는가 확적히 증거만 있어 이 놈을 잡으면 대번에 요절을 내리라 결심하고 응칠이는 침을 탁 뱉어 던지고 산을 내려온다. 그러나 그놈의 행티로 가늠보면 응칠이 저만치는 때가 못 벗은 도적이다. 어느 미친 놈이 논두렁에까지 가위를 들고 오는가. 격식도 모르는 뚜뚱이가 그러려면 바로 조 낟가리 말이지 그 속에 들어앉아 가위로 속닥거려야 들킬 리도 없고 일도 편하고 두 포대고 세 포대고 마음껏 딸 수도 있다. 그러다 틈 보고 집으로 나르면 그만이지만 누가 논의 벼를 다……그렇게도 벼에 걸신이 들었다면 바로 남의 집 머슴으로 들어가 한 달포 동안 주인앞에 얼렁거리며 신용을 얻어 오다가 주는 옷

이나 얻어 입고 다들 잠들기든 볏섬이나 두둑이 짊어메고 덜렁거리면 그뿐이다. 이건 맥도 모르는 게 남도 못 살게 굴려고 에이 망할 자식 두……그는 분노에 살이 다 부들부들 떨리는 듯싶었다. 그러나 이런 좀도둑이란 봉이 나기 전에는 바작 물고 덤비는 법이었다.

오늘 밤에는 요놈을 지켰다 꼭 붙들어 가지고 정강이를 분질러 놓으리라, 밥을 먹고는 태연히 막걸리 한 사발을 껄떡껄떡 들이켜자,

"커! 가을이 되니깐 맛이 행결 낫군!"

그는 주먹으로 입가를 쓱쓱 훔친 다음 송이 꾸럼에서 세 개를 뽑는다. 그리고 그걸 갈퀴같이 마른 주막 할머니 손에 내어 주며,

"엣수, 송이나 잡숫게유." 하고 술값을 치렀으나,

"아이, 송이두 고놈 참."

간사를 피는 것이 겉으로는 반기는 척하면서도 좀 시쁜 모양이다. 제 딴은 한 개에 삼 전씩 치더라도 구 전밖에 안 되니깐 .

응칠이는 살며시 화가 나서 그 얼굴을 유심히 들여다보았다. 움푹 들어간 볼때기에 저건 또 왜 저리 멋없이 불거졌는지 툭 나온 광대뼈하고 처마 아래로 남실거리는 발가락은 자칫 잘못 보면 황새발못이니 이건 언제 잡아 가려고 남겨 두는 거야 보면 볼수록 하나 이쁜 데가 없다. 한 두 번 먹은 것도 아니요 언젠가 울타리께 풀을 베어 주고 술사발이나 얻어먹은 적도 있었다. 고렇게 야멸치게 따질 건 뭔가. 그는 눈살을 흘깃 맞히고는 하나를 더 꺼내어,

"엣수, 또 하나 잡숫게유."

내던져 주곤 댓돌에 가래침을 탁 뱉었다. 그제야 식성이 좀 풀리는지 그 가죽으로 웃으며,

"아이구 이거 자꾸 주면 어떻게 해."

"어떡하긴 자꾸 살찌게유." 하고 한 마디 툭 쏘고 일어섰다가 무엇을

생각함인지 다시 툇마루에 주저앉는다.

"그런데 참 요즘 성팔이 보셨수?"

"아아니, 당최 볼 수가 없더군."

"술도 안 먹으러 와유?"

"안 와!" 하고는 입 속으로 뭐라고 중얼거리며 의아한 낯을 들더니,

"왜, 또 뭐 일이?"

"아니유, 본 지가 하 오래니깐."

응칠이는 말끝을 얼버무리고 고개를 돌리어 한데를 바라본다. 벌써 점심때가 되었는지 닭들이 요란히 울어댄다. 논둑의 미루나무는 부 하고 또 부 하고 잎이 날리며 팔랑팔랑 하늘로 올라간다.

"성팔이가 이 마을에서 얼마나 살았지요?"

"글쎄 재작년 가을이지 아마." 하고 장죽을 빡빡 빨더니,

"근대 또 떠난대든가, 홍천인가 어디 즈 성님한테로 간대." 하고 그게 옳지, 여기서 뭘 하느냐, 대장간이라구 일이나 많으면 모르거니와 밤낮 파리만 날리는데 그보다는 제 형이 크게 농사를 짓는대니 그 뒤나 거들어 주고 국으로 얻어먹는 게 신상에 편하겠지. 그래서 불 일간 처자식을 데리고 아마 떠나리라고 하고,

"농군은 그저 농사를 지야 돼."

"낼 술 먹으러 또 오지유."

간단히 인사를 하고 응칠이는 다시 일어났다. 주막을 나서니 옷깃을 스치는 개운한 바람이다. 밤둔덕의 대추는 척척 늘어진다. 머지 않아 겨울은 또 오렷다. 그는 응오의 집을 바라보며 그간 죽었는지 궁금하였다.

응오는 봉당[17]에 걸터앉았다. 그 앞 화로에는 약이 바글바글 끓는다.

---

17 봉당(封堂) : 재래식 한옥에서, 안방과 건넌방 사이의 마루를 놓을 자리에 흙바닥을 그대로 둔 곳.

그는 정신없이 들여다보고 앉았다. 우중충한 방에는 아내의 가쁜 숨소리가 들린다. 색, 색 하다가 아이구, 하고는 까무러지게 콜록거린다. 가래가 치밀어 몹시 괴로운 모양, 뽑아 줄 사이가 없어 풀들은 뜰에 엉켰다. 흙이 드러난 지붕에서 망초가 휘어청휘어청 바람은 가끔 찾아와 싸리문을 흔든다. 그럴 적마다 문은 을씨년스럽게 삐이꺽삐이꺽. 이웃의 발바리는 부엌에서 한창 바쁘게 달그락거린다. 마는 아침에 아내에게 먹이고 남은 조죽밖에야. 아니 그것도 참 남편이 마저 긁었으니 사발에 붙은 찌꺼기뿐이리라.

"거, 다 졸았다 부다."

응칠이는 약이란 다 졸면 못 쓰니 고만 짝 먹이라 하였다. 약이라야 어제 저녁 울 뒤에서 옮아들인 구렁이지만 그러나 응오는 듣고도 흘렸는지 혹은 못 들었는지 잠자코 고개도 안 든다.

"엣다, 송이 맛이나 봐라." 하고 형이 손을 내밀 제야 겨우 시선을 들었으나 술이 거나한 그 얼굴을 거북상스리 훑어 본다. 그리고 송이를 치뜨리고는,

"이거나 먹어." 하다가,

"뭐?"

소리를 크게 질렀다. 그래도 잘 들리지 않으므로,

"뭐야 뭐야, 좀 똑똑히 하라니깐?" 하고 골피를 찌푸린다. 그러나 아내는 손짓만으로 무슨 말인지 알 수가 없다. 음성으로 치느니 보다 종이 비비는 소리랄지, 그걸 듣기에는 기척도 멀었다.

가만이 보다 응칠이는 제가 다 불안하여,

"뒤보겠다는 게 아니냐."

"그럼 그렇다 말이 있어야지."

남편은 이내 짜증을 내며 몸을 일으킨다. 병약한 아내의 음성이 날로

만무방_김유정

변하여 감을 시방 안 것도 아니련만.

그는 방바닥에 늘어져 꼬치꼬치 마른 송장을 조심히 일으키어 등에 업었다.

울밖 밭머리에 갯같은 놓였다. 머리가 눌릴 만큼 납작한 굴 속이다. 게다 거미줄은 예제없이 엉키었다. 부춤돌 위에 내려놓으니 아내는 벽을 의지하여 웅크리고 앉는다. 그리고 남편은 눈을 멀뚱멀뚱 뜨고 지키고 섰는 것이다.

이꼴을 멀거니 바라보다 응칠이는 마뜩지 않게 코를 횡, 풀며 입맛을 다시었다. 응오의 짓이 어리석고 울화가 터져서이다. 요즈음 응오가 형에게 말도 잘 않고 왜 어딱비딱하는지 그 속은 응칠이도 모르는 배 아닐 것이다.

응오가 이 아내를 찾아올 때 꼭 삼 년간을 머슴을 살았다. 그처럼 먹고 싶던 술 한 잔 못 먹고, 그처럼 침을 삼키던 그 개고기 한 메 물론 못 샀다. 이렇게까지 근사를 모아 얻은 계집이련만 단 두 해가 못 가서 이 꼴이 되고 말았다.

그러나 이 병이 무슨 병인지 도시 모른다. 의원에게 한 번이라도 변변히 보여 본 적이 없다. 혹 안다는 사람의 말인즉 노점이니 어렵다 하였다. 돈만 있으면야 노점이고 염병이고 알 바가 못 될 거로되 사날 전 거리로 쫓아나오며,

"성님!" 하고 팔을 챌 적에는 응오도 어지간히 급한 모양이었다.

"왜?"

응칠이가 몸을 돌리니 허둥지둥 그 말이 이제는 별도리가 없다. 있다면 꼭 한 가지 남았으니 그것은 엊그저께 산신을 부리는 노인이 이 마릉에 오지 않았는가. 그 노인이 응오를 특히 동정하여 십오 원만 들이어 산치성을 올리면 씻은 듯이 낫게 해 주리라는데.

"성님은 언제나 논 만들 수 있지유?"

"거, 안된다. 치성[18]드려 날 병이 안 낫겠니?" 하여 여전히 딱 떼이고 그러게 내 뭐래든 애전에 계집 다 버리고 날 따라 나서랬지, 하고,

"그래 농군의 살림이란 제 목매기라지!"

그러나 아우가 암말 없이 몸을 휙 돌리어 집으로 들어갈 제 응칠이는 속으로 또 괜한 소리를 했구나 하였다.

응오는 도로 아내를 업어다 방에 뉘였다. 약은 다 졸았다. 불이 삭기 전에 짜야 할 것이다. 식기를 기다려 약사발을 입에 대어 주니 아내는 군말 없이 그 구렁이 물을 껄떡껄떡 들여마신다.

응칠이는 마당에 우두커니 앉았다. 사람의 목숭이란 과연 중하군 하였다. 그러나 계집이라는 저 물건이 저렇게 떼기 어렵도록 중할까 아니 암만 해도 알 수 없고.

"너 참 요 건너 상팔이 알지?"

"……."

"너하고 친하냐?"

"……."

"성이 뭐래는데 거 대답 좀 하렴." 하고 소리를 빽 질러도 아우는 대답은 말고 고개도 안 든다. 그러나 응칠이는 하늘을 쳐다보고 트림만 끄윽 하고 말았다. 술기가 코를 콱콱 찔러야 할 터인데 이것 풋김치 냄새만 코 밑에서 뱅뱅 돈다. 공짜 김치만 퍼먹을 게 아니라 한 잔 더 했으면 좋았을 걸. 그는 일어서서 대를 허리에 꽂고 궁둥이의 흙을 털었다. 벼 도둑맞은 이야기를 할까 하다가 아서라 가뜩이나 울상이 속이 쓰릴 것이다. 그보다는 이놈을 잡아놓고 낭중 히짜를 뽑는 것이 점잔하겠지.

---

18 치성(致誠) : 있는 정성을 다함, 신이나 부처에게 정성을 드림.

그는 문 밖으로 나와 버렸다.

답답한 아우의 살림을 보니 역 답답하던 게 살림이 연상되고 가슴이 두루 답답하였다. 이런 때에는 무가 십상이다. 사실 하느님이 무를 마련해 낸 것은 참으로 은혜로운 일이다. 맥맥할 때 한개를 씹고 보면 꿀꺽하고, 쿡 치는 그 맛이 좋고 남의 무밭에 들어가 하나를 쑥 뽑으니 가락무. 이크 이거 오늘 운수대통이로군. 내던지고 그 다음 놈을 뽑아 들고 개울로 내려온다. 물에 쓱쓰윽 닦아서는 꽁지는 이로 베어 던지고 으썩 깨물어 붙인다.

개울 둔덕에 포플라는 호젓하게도 매출이 컸다. 자갈돌은 고 밑에 옹기종기 모였다. 가생이로 잔디가 소보록하다. 응칠이는 나가자빠져 마을을 건너다보며 눈을 멀뚱멀뚱 굴리고 누웠다. 산이 삥삥 둘리어 숨이 콕 막힐 듯한 그 마을.

아리랑 아리랑 아라리요

아리랑 띄어라 노다 가세

증기차는 가자고 윈고동 트는데

정든 님 품안고 낙누낙누

아리랑 아리랑 아라리요

아리랑 띄어라 노다 가세

낼 갈지 모레 갈지 모르는데

옥씨기 강낭이는 심어 뭐 하리

아리랑 아리랑 아라리요

아리랑 띄어라……

그는 콧노래로 이렇게 흥얼거리다 갑작스레 강릉이 그리웠다. 펄펄 뛰는 생선이 좋고, 아침 햇살이 비끼어 힘차게 출렁거리는 그 물결이 좋고. 이까짓 두메 구석에서 쪼들리는 데 대다니. 그래도 저희딴엔 무어 농사 좀 지었다고 악을 복복 쓰며 잘도 떠들어 댄다. 하지만 그런 중에도 어디인가 형언치 못할 쓸쓸함이 떠돌지 않는 것도 아니다. 삼십여 년 전 술을 빚어 놓고 쇠를 울리고 흥에 질리어 어깨춤을 덩실거리고 이러던 가을과는 저 딴 쪽이다. 가을이 오면 기쁨에 넘쳐야 될 시골이 점점 살기만 떠옴은 웬일일꼬. 이렇게 보면 재작년 가을 어느 밤 산중에서 낫으로 사람을 찔러 죽인 강도가 문득 머리에 떠오른다. 장을 보고 오는 농군을 농군이 죽였다. 그것도 많이나 되었으면 모르되 빼앗은 것이 한껏 동전 네 닢에 수수 일곱 되, 게다가 흔적이 탄로날까 하여 그 낫으로 그 얼굴의 껍질을 벗기고 조깃대가리 여이기듯 끔찍하게 남기고 조긴 망나니다. 흉악한 자식. 그 알량한 돈 사 전에 나 같으면 가여워 덧돈을 주고라도 왔으리라. 이번 놈은 그따위 깍다귀나 아닐는지 할 때 찬 김과 아울러 치미는 소름에 머리끝이 다 쭈뼛하였다. 그간 아우의 농사를 대신 돌봐 주기에 이럭저럭 날이 늦었다. 오늘 밤에는 이놈을 다리를 꺾어 놓고 내일쯤은 봐서 설렁설렁 뜨는 것이 옳은 일이겠다. 이 산을 넘을까 저 산을 넘을까 주절거리며 속으로 점을 치다가 슬그머니 코를 골아 올린다.

밤이 내리니 만물은 고요히 잠이 든다. 검푸른 하늘에 산봉우리는 울퉁불퉁 물결을 치고 흐릿한 눈으로 별은 떴다. 그러나 구름떼가 몰려닥치면 깜깜한 절벽이 된다. 또한 마을 한복판에는 거칠은 바람이 오락가락 쓸쓸히 궁글고 이따금 코를 찌르는 후련한 산사 내음새. 북쪽 산 밑 미루나무에 싸여 주막이 있는데 유달리 불이 반짝인다. 노세, 노세, 젊어서 노세. 노랫소리는 나직나직 한산히 흘러나온다. 아마 벼를 뒷심대고 외상이리라.

응칠이는 잠자코 벌떡 일어나 바깥으로 나섰다. 그리고 다 나와서야 그 집 친구에게 눈치를 안 채이도록,

"내 잠깐 다녀옴세!"

"어딜 가나?"

친구는 웬 영문을 몰라서 뻔히 치어다보다 밤이 이렇게 늦었으니 나갈 생각 말고 어서 이리 들어와 자라 하였다. 기껏 둘이 앉아서 개코쥐코 떠들다가 갑자기 일어서니까 꽤 이상한 모양이었다.

"건너마을 가 담배 한 봉 사 올라구."

"담배 여기 있는데 또 사 뭐 하나?"

친구는 호주머니에서 굳이 연봉을 꺼내어 손에 들어 보이더니,

"이리 들어와 섬이나 좀 쳐 주게."

"아 참, 깜빡……." 하고 응칠이는 미안스러운 낯으로 뒤통수를 긁적긁적한다. 하기는 섬을 좀 쳐 달라구 며칠째 당부하는 걸 노름에 몸이 팔려 그만 잊고 했던 것이다. 먹고자고 이렇게 신세를 지면서 이건 썩 안됐다 생각은 했지만,

"내 곧 다녀올 걸 뭐,"

어정쩡하게 한 마디 남기곤 그 집을 뒤에 남긴다. 그러나 이 친구는,

"그럼, 곧 다녀오게!" 하고 때를 재치는 법은 없었다. 언제나 여일[19] 같이,

"그럼 잘 다녀오게!"

이렇게 그 신상만 편하기를 비는 것이다.

응칠이는 모든 사람이 저에게 그 어떤 경의를 갖고 대하는 것을 가끔 느끼고 어깨가 으쓱거린다. 백판 모르는 사람도 데리고 앉아서 몇 번 말만 좀 하면 대뜸 구부러진다. 그렇게 장한 것인지 그일을 하다가, 그 일이라야 도적질이지만, 들어가 욕보던 이야기를 하면 그들은 눈을 커다

---

19 여일하다 : 한결같다.

랗게 뜨고,

"아이구, 그걸 어떻게 당하셨수!" 하고 적이 놀라면서도,

"그래 그 돈은 어떡했수?"

"또 그럴 생각이 납디까요?"

"참, 우리 같은 농군에 대면 호강살이유!" 하고들 한편 썩 부러운 모양이었다. 저들도 그와 같이 진탕 먹고 살고는 싶으나 주변없이 못 하는 그 울분에서 그런 이야기만 들어도 다소 위안이 되는 것이다. 응칠이는 이걸 잘 알고 그 누구를 논에다 거꾸로 박아 놓고 달아나다가 붙들려 경치던 이야기를 부지런히 하며,

"자네들은 안적 멀었네, 멀었어." 하고 흰소리를 치면 그들은 옳다는 뜻이겠지, 묵묵히 고개만 끄떡끄떡하며 속없이 술을 사주고 담배를 사주고 하는 것이다.

그런데 이번 벼를 훔쳐 간 놈은 응칠이를 마구 넘보는 모양 같다. 이렇게 생각하면 응칠이는 더욱 괘씸하였다. 그는 물풀레몽둥이를 벗삼아 논둑길을 질러서 산으로 올라간다.

으슥한 그믐 칠야 길은 어둡고 흐릿한 언저리만 눈앞에 아물거린다. 그 논까지 칠 마장[20]은 느긋하리라. 이 마을을 벗어나는 어귀에 고개 하나를 넘는다. 또 하나를 넘는다. 그러면 그 다음 고개와 고개 사이에 수목이 울창한 산중턱을 비껴대고 몇 마지기의 논이 놓였다. 응오의 눈은 그 중의 하나이었다. 길에서 썩 들어앉은 곳이라 잘 뵈도 않는다. 동리에 그런 소문이 안 났을 때에는 천행으로 본 놈이 없을 것이나 반드시 성팔이의 성행임에는…….

응칠이는 공동묘지의 첫 고개를 넘었다. 그리고 다음 고개의 마루턱

---

20 마장 : 십 리나 오 리 미만의 거리를 이를 때 '리(里)' 대신으로 쓰는 말.

에 올라섰을 때 다리가 주춤하였다. 저 왼편 높은 산고랑에서 불이 반짝하다 꺼진다. 짐승불로는 너무 흐리고……아하, 이놈들이 또 왔군. 그는 가던 길을 옆으로 새었다. 더듬더듬 나뭇가지를 짚으며 큰 산으로 올라간다. 바위는 미끄러내리며 발등을 찧는다. 딸기 가시에 종아리는 따갑고 엉금엉금 기어서 바위를 끼고 감돈다.

산 거반 꼭대기에 바위와 바위가 어깨를 겯고 움쑥 들어간 굴이 있다. 풀들은 뻗치어 굴문을 막는다. 그 속에 돌아앉아서 다섯 놈이 머리를 맞대고 수군거린다. 불빛이 샐까 염려다. 남폿불을 얕이 달아 놓고 몸들을 바싹바싹 여미어 가린다.

"어서 후딱후딱 쳐, 갑갑해서 원."

"이번엔 누가 빠지나?"

"이 사람이지 뭘 그래."

"다시 섞어, 어서 이 따위 수직이야." 하고 한 놈이 골을 내고 화투를 빼앗아 제 손으로 섞다가 깜짝 놀란다. 그리고 버썩 대드는 응칠이는 벙벙히 치어다보며 얼떨한다. 그들은 응칠이가 오는 것을 완연하게 싫어하는 눈치였다. 이번 애송이 노름판인데 응칠이를 들였다가는 맥을 못쓸 것이다. 속으로는 매우 꺼렸다마는 그렇다고 응칠이의 비위를 건드리면 더욱 좋지 못하므로,

"아, 응칠인가, 어서 들어오게." 하고 선웃음을 치는 놈에,

"난 올 듯하기에, 자넬 기다렸지." 하고 어수대는 놈,

"하옇든 한 케 떠 보세."

이놈들은 손을 잡아들이며 썩들 환영이었다. 응칠이는 그 속으로 들어서며 무서운 눈으로 좌중을 훑어보았다. 그런데 재성이도 그 틈에 끼여 있는 것이 아닌가. 사날 전만 해도 응칠이더러 먹을 양식이 없으니 돈 좀 취하라던 놈이 의심이 부쩍 일었다. 도둑이란 흔히 이런 노름판에

서 씨가 퍼진다. 그 옆으로 기호도 앉았다. 이놈은 며칠 전 제 계집을 팔았다. 그 돈으로 영동 가서 장사를 하겠다던 놈이 노름을 왔다. 제깐 주제에 땅 듯싶은가. 하나는 응구. 농사엔 힘 안 쓰고 노름에 몸이 달았다. 시키는 부역도 안 나온다고 돌키에서 손도를 맞은 놈이다. 그리고 남의 집 머슴 녀석. 뽐을 내고 멋없이 점잔을 피우는 중늙은이 상투장이, 이 물건은 어서 날라왔는지 보지도 못하던 놈이다. 체 이것들이 뭘 한다구!

응칠이는 기호의 등을 쿡 찔러 가지고 밖으로 나왔다. 외딴 곳으로 데리고 와서,

"자네 돈 없겠나?" 하고 돌아서다가,

"웬걸 돈이 어디……."

눈치만 남고 어름어름하니,

"아내와 갈렸다니, 그 돈 다 뭐했나?"

"아 이 사람아 빚 갚았지!"

기호는 눈을 내리깔며 매우 거북한 모양이다.

오른편 엄지로 한 코를 막고 흥, 하고 내뽑더니 이번 빚에 졸리어 죽을 뻔했네, 하고 묻지 않는 발뺌까지 얹어서 설대[21]로 등어리를 긁적긁적한다. 그러나 응칠이는 속으로 이놈하였다. 응칠이는 실눈을 뜨고 기호를 유심히 쏘아 주었더니,

"꼭 사 원 남았네." 하고 선뜻 알리고,

"빚 갚고 뭣 하고 흐지부지 녹았어."

어색하게도 혼잣말로 우물쭈물 웃어 버린다. 응칠이는 퉁명스러이,

"나 이 원만 주게." 하고 손을 내대다 그래도 잘 듣지 않으매,

"따서 둘이 노눌 테야, 누가 떼먹나." 하고 소리가 한번 빽 아니 나올

---

21 설대 : 담배 설대, 담배통과 물부리 사이에 맞추는 가느다란 대통.

만무방_김유정

수 없다.

　이 말에야 기호도 비로소 안심한 듯, 저고리섶을 쳐들고 훔척거리다 쭈뼛쭈뼛 꺼내놓는다. 딴은 응칠이의 솜씨이면 낙자는 없을 것이다. 설혹 재간이 모자라 잃는다면 우격이라도 도로 몰아 갈 테니깐.

　"나두 한 케 떠 보세."

　응칠이는 우죄스리 굴로 기어든다. 그 콧등에는 자신 있는 그리고 흡족한 미소가 떠오른다. 사실이지 노름만큼 그를 행복하게 하는 건 다시 없다. 슬프다가도 화투나 투전장을 손에 들면 공연스레 어깨가 으쓱거리고 아무리 일이 바빠도 노름판은 옆에 못 두고 지낸다. 그는 이놈 저놈의 눈치를 한번 슬쩍 훑고,

　"두 패로 나누지?"

　응칠이는 재성이와 용구를 데리고 한 옆으로 비켜 앉았다. 그리고 신바람이 나서 화투를 섞다가 손을 따악 짚으며,

　"튀전이래지 이깐 화투는 하여튼 뭘 할 텐가, 녹뻐긴가 켤텟가?"

　"약단이나 그저 보지."

　사방은 매섭게 조용하였다. 바위 위에서 혹 바람에 모래 구르는 소리뿐이다. 어쩌다,

　"옛다 봐라." 하고 화투짝이 쩔꺽한다. 그리곤 다시 쥐죽은 듯 잠잠하다.

　그들은 이욕에 몸이 달아서 이야기고 뭐고 할 여지가 없다. 행여 속지나 않는가 하여 눈들이 빨개져 서로 독을 올린다. 어떤 놈이 뜯는 놈이고 어떤 놈이 뜯기는 놈인지 영문 모른다.

　응칠이가 한 장을 내던지고 명월공산을 보기 좋게 떡 젖혀 놓으니,

　"이거 왜 수짜질이야!"

　용구는 골을 벌컥 내며 쳐다본다.

"뭐가?"

"뭐라니, 아, 이 공산 자네 밑에서 빼내지 않았나?"

"봤으면 고만이지 그렇게 노할 건 또 뭔가!"

응칠이는 어설피 입맛을 쩍쩍 다시다,

"그럼 이번엔 파토지?" 하고 손의 화투를 땅에 내던지며 껄걸 웃어 버린다.

"이때 한 옆에서 별안간,

"이자식, 죽인다!"

악을 쓰는 것이니 모두들 놀라서 시선을 몬다. 머슴이 마주앉은 상투의 뺨을 갈겼다. 말인즉 매조 다섯 끗을 엎어쳤다고. 하나 정말은 돈을 잃은 것이 분한 것이다. 이 돈이 무슨 돈이냐 하면 일 년 품을 판 피문은 새경이다. 이런 돈을 송두리 먹히다니.

"이자식, 너는 야마시꾼이지. 돈 내라."

멱살을 움켜잡고 다시 두 번을 때린다.

"허. 이놈이 왜 이러누, 어른을 몰라보고.,"

상투는 책상다리를 잡숫고 허리를 쓰윽 펴더니 점잖이 호령한다. 자식 뻘되는 놈에게 뺨을 맞는 건 말이 좀 덜 된다. 약이 올라서 곧 일을 칠 듯이 응칠이를 번쩍 들었으나 그러나 그대로 주저앉고 말았다. 악에 바짝 받친 놈을 건드렸다가는 결국 이쪽이 손해다. 더럽단 듯이 허, 허 웃고,

"버릇 없는 놈 다 봤고!" 하고 꾸짖은 것은 잘됐으나 기어이 어이쿠, 하고 그 자리에 푹 엎으러진다. 이마가 터져서 피가 흘렀다. 어느 틈엔가 돌맹이가 날아와 이마의 가죽을 터친 것이다.

응칠이는 싱글거리며 굴을 나섰다. 공연스레 쑥스럽게 일어나 벌어지면 성가신 노릇이다. 그리고 돈 백이나 될 줄 알았더니 다 봐야 한 사십 원 될까말까. 그걸 바라고 어느 놈이 앉았는가. 그가 딴 것은 본밑을 합

처 구 원 하고 팔십 전이다. 기호에게 오 원을 내주고,

"자, 반이 넘네. 자네 계집 잃고 돈 잃고 호강이겠네."

농담으로 비웃어 던지고는 숲속으로 설렁설렁 내려온다.

"여보게, 자네에게 청이 있네."

재성이 목이 말라서 바득바득 따라온다. 그 청이란 묻지 않아도 알 수 있었다. 저에게 돈을 다 빼앗기곤 구문이겠지. 시치미를 딱 떼고 나 갈 길만 걷는다.

"여보게 응칠이, 아, 내 말 좀 들어!"

그제서는 팔을 잡아 낚으며 살려 달라 한다. 돈을 좀 늘릴까 하고 벼 열 말을 팔아 해 보았더니 다 잃었다고. 당장 먹을 게 없어 죽을 지경이니 노름 밑천이나 하게 몇 푼 달라는 것이다. 그러나 벼를 털었으면 그저 먹을 것이지 어줍잖게 노름은.

"그런 걸 왜 너보고 하랬어?" 하고 돌아서며 소리를 빽 지르다가 가만히 보니 눈에 눈물이 글썽하다. 잠자코 돈 이 원을 꺼내 주었다.

응칠이는 돌에 앉아서 팔짱을 끼고 덜덜 떨고 있다. 사방은 빼앵 둘리어 나무에 둘러싸였다. 거무튀튀한 그 형상이 헐없이 무슨 도깨비 같다. 바람이 불 적마다 쏴아, 하고 쏴아, 하고 음충맞게 건들거린다. 어느 때에는 쨱, 쨱, 하고 목을 따는지 비명도 올린다.

그는 가끔 뒤를 돌아보았다. 별일은 없을 줄 아나 호옥 뭐가 덤벼들지도 모른다. 서낭당은 바로 등 뒤다. 족제비인지 뭔지, 요동통에 돌이 무너지며 바시락바시락한다. 그 소리가 묘하게도 등줄기를 쪼옥 긁는다. 어두운 꿈 속이다. 하늘에서 이슬은 내리어 옷깃을 추긴다. 공포도 공포려니와 냉기로 하여 좀체로 견딜 수가 없다.

산골은 산신까지도 주렸으렸다. 아들 낳아 달라고 떡 갖다 바칠이 없을 테니까. 이놈의 영감님 홧김에 덤썩 달겨들면. 앞뒤를 다시 한번 휘

돌아 본 다음 설대를 뽑는다. 그리고 오금팽이로 불을 가리고 한 대 뻑뻑 피워 물었다. 논은 여남은 칸 떨어져 그 아래 누웠다. 일심 정기를 다하여 나무 틈으로 뚫어보고 앉았다. 그러나 땅에 대를 털려니까 풀숲 이 이상스러이 흔들린다. 뱀, 뱀이 아닌가. 구시월 뱀이라니 물리면 고만이다. 자리를 옮겨 앉으며 손으로 입을 막고 하품을 터친다. 아마 두 시간은 더 넘었으리라. 이놈이 필연코 올 텐데 안 오니 또 무슨 조활까. 이 짓이란 소문이 나기 전에 한번 더 와 보는 것이 원칙이다. 잠을 못 자서 눈이 뻑뻑한 것이 제물에 슬금슬금 감긴다. 이를 악물고 눈을 뒵쓰면 이번에는 허리가 노글거린다. 속은 쓰리고 골치는 때리고. 불꽃 같은 노리가 불끈 일어서 몸을 옥죄인다. 이놈의 다리를 못 꺾어 놔도 애비 없는 후레자식이렷다.

닭들이 세 홰를 운다. 머얼리 산을 넘어오는 그 음향이 퍽은 서글프다. 큰 비를 몰아들이는지 검은 구름이 잔뜩 끼인다. 하긴 지금도 빗방울이 뚝, 뚝, 떨어진다.

그때 논둑에서 희끄무레한 허깨비 같은 것이 얼씬거린다. 정신을 바짝 차렸다. 영락없이 성팔이, 재성이 그들 중의 한 놈이리라. 이 고생을 시키는 그놈! 이가 북북 갈리고 어깨가 다 식식거린다. 몽둥이를 잔뜩 우려잡았다. 그리고 벌떡 일어나서 나무줄기를 끼고 조심조심 돌아 내린다. 하나 또랑쯤 내려오다가 그는 멈칫하여 몸을 뒤로 물렸다. 늑대 두 놈이 짝을 짓고 이편 산에서 저편 산으로 설렁 설렁 건너가는 길이었다. 빌어먹을 늑대, 이것까지 말썽이람. 이마의 식은땀을 씻으며 도로 제자리로 돌아온다. 어쩌면 이번 이놈도 재작년 강도 짝이나 안 될는지. 금시로 불길한 예감이 뒤통수를 탁 치고 지나간다. 그는 옷깃을 여미어 한 대를 더 붙였다. 돌연히 풍세는 더 심하여진다. 산골짜기로 몰아드는 억센 놈이 가끔 발광이다. 다시금 더르르 몸을 떨었다. 가을은 왜 이 지경인가. 여기에서 밤새울 생각을 하니 기가 찼다.

얼마나 되었는지 몸을 좀 녹이고자 일어나서 서성서성할 때이었다. 논으로 다가오는 희미한 그림자를 분명히 두 눈으로 보았다. 그러고 보니 피로고, 한고이고 다 딴 소리다. 고개를 내대로 딱 버티고 서서 눈에 쌍심지를 올린다. 흰 그림자는 어느 틈엔가 어둠 속에 사라져 보이지 않는다. 그리고 다시 나올 줄을 모른다. 바람소리만 왱, 왱, 칠 뿐이다. 다시 암흑 속이 된다. 확실히, 벼를 훔치러 논 속으로 들어갔을 것이다. 여깽이 같은 놈이 궂은 날새를 기회삼아 맘껏 하겠지. 의리 없는 썩은 자식! 격장에서 같이 굶는 터에. 오냐 대거리만 있거라. 이를 한번 부드득 갈아붙이고 차츰차츰 논께로 내려온다.

응칠이는 논께로 바특이 내려서서 소나무에 몸을 착 붙였다. 섣불리 서둘다간 남의 횡액을 입을지도 모른다. 다 훔쳐 가지고 나올 때만 기다린다. 몽둥이는 잔뜩 힘을 올린다.

한 식경이 지났을까, 도적이 다시 나타난다. 논둑에 머리만 내놓고 사면을 두리번거리더니 그제서야 기어나온다. 얼굴에는 눈만 내놓고 수건인지 뭔지 헝겊이 가리었다. 봇짐을 등에 짊어메고는 허리를 구붓이 뺑손을 놓는다. 그러자 응칠이가 날쌔게 달려들며,

"이자식, 남의 벼를 훔쳐 가니!" 하고 대포처럼 고함을 지르니 논둑으로 그대로 데굴데굴 굴러서 떨어진다. 얼결에 호되게 놀란 모양이다.

응칠이는 덤벼들어 우선 허리께를 내려조졌다. 어이쿠쿠, 쿠 하고 처참한 비명이다. 이 소리에 귀가 번쩍 띄어서 그 고개를 들고 팔부터 벗겨 보았다. 그러니 너무나 어이가 없었음인지 시선을 치걷으며 그 자리에 우두망찰한다. 그것은 무서운 침묵이었다. 살뚱맞은 바람만 공중에서 북새를 논다. 한참을 신음하다 도적은 일어나더니,

"성님까지 이렇게 못 살게 굴기유?"

제법 눈을 부라리며 몸을 휙 돌린다. 그리고 느끼며 울음이 복받친다. 봇짐도 내버린 채,

"내 것 내가 먹는데 누가 뭐래?" 하고 데퉁스러이 내뱉고는 비틀비틀 논 저쪽으로 없어진다. 형은 너무 꿈 속 같아서 멍하니 섰을 뿐이다.

그러나 얼마 지나서 한 손으로 그 봇짐을 들어본다. 가뿐하니 끽 말가웃[22]이나 될는지. 이까짓 걸 요렇게까지 해 가려는 그 심정은 실로 알 수 없다. 벼를 논에다 도로 털어 버렸다. 그리고 아내의 치마이겠지 검은 보자기를 척척 개서 들었다. 내 걸 내가 먹는다. 그야 이를 말이야. 하나 내 걸 내가 훔쳐야 할 그 운명도 얄궂거니와 형을 배반하고 이 짓을 벌인 아우도 아우렷다. 에이 고연놈, 할 제 볼을 적시는 것은 눈물이다. 그는 주먹으로 눈물을 쓱, 비비고 머리에 번쩍 떠오르는 것이 있으니 두레두레한 황소의 눈깔, 시오리를 남쪽 산으로 들어가면 어느 집 바깥 들에 밤마다 늘 매여있는 투실투실한 그 황소. 아무렇게나 따지든 칠십 원은 갈 데 없으리라. 그는 부리나케 아우의 뒤를 밟았다.

공동묘지까지 거반 왔을 때에야 가까스로 만났다. 아우의 등을 탁 치며,

"얘 좋은 수가 있다. 네 원대로 돈을 해줄게 나하구 잠깐 다녀오자."

씩씩한 어조로 기쁘도록 달랬다. 그러나 아우는 입 하나 열려 하지 않고 그대로 실쭉하였다. 뿐만 아니라 어깨 위에 올려놓은 형의 손을 부질없단 듯이 몸으로 떨어 버린다. 그리고 삐익 달아난다. 이걸 보니 하 엄청나고 기가 콱 막히었다.

"이놈아!" 하고 악에 받치어,

"명색이 성이라며?"

　대뜸 몽둥이는 들어가 그 볼기짝을 후려갈겼다. 아우는 모로 몸을 꺾더니 시나브로[23] 찌그러진다. 뒤미처 앞정이를 때리고 등을 팼다. 일어나지 못할 만큼 매는 내리었다. 체면을 불구하고 땅에 엎드리어 엉엉 울도록 매는 내리었다. 홧김에 하긴 했으되 그 꼴을 보니 또한 마음이 편할 수 없다. 침을 퇴 뱉어 던지곤, 팔자 드신 놈이 그저 그렇지 별수 있나, 쓰러진 아우를 일으키어 등에 업어 일어섰다. 언제나 철이 났는지 딱한 일이었다. 속썩는 한숨을 후우 하고 내뿜는다. 그리고 어청어청 고개를 묵묵히 내려온다.

---

23 시나브로 : 모르는 사이 조금씩 조금씩.